学生万有文库

狼王传奇

[加] 欧内斯特·汤普森·西顿　著　紫娟　编译

天 地 出 版 社 | TIANDI PRESS

图书在版编目（CIP）数据

狼王传奇 / [加]欧内斯特·汤普森·西顿著；紫娟编译. —成都：天地出版社，2013.9（2019.12重印）
（学生万有文库）
ISBN 978-7-5455-0953-3

Ⅰ. ①狼… Ⅱ. ①欧… ②紫… Ⅲ. ①儿童文学—长篇小说—加拿大—现代 Ⅳ. ①1711.84

中国版本图书馆CIP数据核字（2013）第173113号

狼王传奇
LANG WANG CHUAN QI

[加]欧内斯特·汤普森·西顿 著　紫娟 编译

—— 阅读·成长 ——

出 品 人　杨　政

责任编辑　漆秋香
封面设计　叶　茂
制　　作　最近文化
责任印制　桑　蓉

出版发行　天地出版社
　　　　　（成都市槐树街2号　邮政编码：610031）
网　　址　http://www.tiandiph.com
电子邮箱　tianditg@163.com

印　　刷　山东省东营市新华印刷厂
版　　次　2013年9月第一版
印　　次　2019年12月第三次印刷
成品尺寸　165mm×235mm　1/16
印　　张　13
字　　数　161千
定　　价　38.00元
书　　号　ISBN 978-7-5455-0953-3

写在前面

　　美国著名女作家、教育家海伦·凯勒在她的自传《我的人生故事》中这样写道：我喜欢西顿写的动物故事。他让我对野生动物本身有了发自内心的兴趣，因为他写的都是真正的野生动物而不是对人类的虚拟模仿。你会同情它们的爱和恨，它们的滑稽使你发笑，它们的不幸使你流泪。如果它们指出了某种道德观，那也是极端微妙的，我们很难意识得到。

　　海伦的评述一点儿都不夸张。我们的动物文学之父——西顿很轻易地就让他的动物朋友拥有绚丽、永恒和震撼之美。他开创了动物小说这一文体，在世界文学史上具有不可攀及的崇高地位。西顿的动物小说经历了岁月的检验，是世界动物小说的经典。这一切都体现在小说的思想高度、精致语言、严谨结构和作者走进大自然采集标本而描绘的宝贵插图上。

　　本书所选的都是西顿特别看重并具代表性的动物故事，其涉及地域广泛，从天上到地上、从村落到都市、从雪地到高原、从沼泽到沙丘都能找到它们的足迹。可以说，故事中的主人公个个都是好样的，都堪称自然精灵、天地英雄，它们的故事读来荡气回肠。比如作者最钟爱的狼王洛波，它是新墨西哥州赫赫有名的狼中之王。在它叱咤风云的几年间，关于它的传说一则胜过一则，搅得大牧区不得安宁。在西顿的小说中，像狼王这类拥有非凡天赋、超群智慧、坚忍不拔禀性的动物遍布全书。它们各自拥有一套与众不同的生存技能，在残酷竞争中充分展示生命的伟大力量。它们的勇敢、独立、忠实、敦厚令我们肃然起敬。可以说，西顿和他的动物朋友带我们进入一个崭新而广阔的艺术世界，获得了以人为描写对象的文学作品所无法替代的美的体验和艺术感动。捧读西顿笔下一个个鲜活而充满情趣的故事，我们无不为他作品中的那些富有生气和英豪之气的主人公所吸引与迷醉。我们的审美视野会因那些作为大自然一部分的动物形象而变得广博和深邃；我们对生命的理解和感受也会因动物的馈赠而变得更加丰富和完整。

　　西顿密切关注他的异类朋友的命运，倾注了一生的心血。他以极端的热情及异乎常人的毅力，长年背着画板、速写本和随身记事簿，行进于加拿大广袤森林和皑皑雪地，穿越了美国佛罗里达的沼泽地和北极冰冻的沙地，跋涉在英国和法国的高原以及斯堪的纳维亚半岛的巍巍群山；他像大自然的特派使者一般，穿梭于只有野山羊和野狼走过的地方。他对动物朋友充满爱心，观察入微，有时竟然花上一整天的时间去数一只鸟身上的羽毛——总共4915根。他就这样几十年如一日地追随动物朋友，用整个生命去拥抱他所挚爱的动物世界。

　　正是由于有了这样的体验和追求，西顿笔下的动物才一个个栩栩如生，被赋予生命所应有的智慧、坚强、温情与威严。西顿曾这样说："人类拥有的东西，动物不会一点儿没有，而动物所具备的，在某种程度上，也是为人类所分享。既然动物都是有情有义的生灵，只不过同我们在程度上有些差异罢了，因此，它们理应得到自己的权利。"他还说，这些故事不过是野生动物生活中一个微不足道的点，远没有达到它们本应有的深度和广度。即便如此，他还是愿意在有生之年将它们记录下来，希望人们能从中体会到和他一样的乐趣，和他一样去疼爱这些可爱生灵，去热爱人类与动物朋友所共同拥有的大地、蓝天、森林和高山！

目 录

狼王传奇

——把狼族的品行和精神发挥到极致的狼

狼王洛波的威力

　　这个故事的主人公，就是赫赫有名的狼王洛波，它生活在新墨西哥北部的喀伦坡大牧区。这里的牧草丰盛得耀人眼目，特别是刚被雨水淋浴过的草儿，格外碧绿油嫩；远远望去，一片翠绿的平原上还点缀着成千上万朵花儿，微风吹过，散发阵阵清香。难怪那些羊儿、牛儿、马儿那么眷恋这个地方，就算天上的猎鹰、地上的红狐早已对它们虎视眈眈，它们也要待在这里，非让自己长得膘肥腰圆不可。

　　说到这里的草如此丰美，牛羊如此健壮，当然不能不提天天浇灌它们的河流——喀伦坡河。它就像一条大银龙，身长万丈，不停不息、蜿蜒盘旋在牧区四周，成为这里所有生命的源泉，因此整个牧区也随着喀伦坡河而威名远扬。但是，真正能够在这里耀武扬威的大王并不是这条河，而是只大灰狼，它的名字就是最开始我告诉你们的——洛波。

　　洛波是喀伦坡地区最强劲、最威武，更是最凶猛的狼群的头头，也就是说它是当地狼的国王，所以人们也叫它喀伦坡大王或者狼王洛波。也正是因为有这队拥有强大力量的猛兽，以至于住在喀伦坡的牧人、伐木工人甚至是猎人都有谈狼色变的感触。当然，这里的牛羊更是对狼王团队的放肆行为熟悉得很，就算出现在它们视线里的只是狼王的某一位助手，它们也表现得战战兢兢，无不吓得魂飞天外。牛羊们深深懂得狼王团队和鹰、狐不一样，只要是狼王看中的目标，都无一能幸存；而这些牛羊的主人们更是对这队狼恨之入骨。因为狼王本身就拥有超凡智谋，再加上它优秀的领导才干，在它带领下的狼队都是战无不胜的，而这里的人们根本找不出一个确实有效地对付它们的法子，只能计算着自

3

己的牛羊丢失的速度，然后为这损失悲痛不已。

在威猛善战的狼队中，狼王洛波是体格最强大、头脑最灵活、速度最快的，它的嗥叫声更是独具特色，因而它很自然地在狼队中脱颖而出。就连村里两岁的小孩子也能轻易地分辨谁是狼王，谁是它的随从。这么说吧，一般的狼就算是"嗷嗷嗷"地在村外叫上一整夜，也只是秋风过耳，至多是打扰到这里看门狗的睡眠，狗们抬抬头后又会继续做寻找骨头的美梦。但要是狼王洛波在喀伦坡河谷的嗥叫让微风带到人们的居所，那可不得了——顷刻间，这里家家户户都点亮了油灯，一阵急乱的骚动声过后，就见到大伙儿从自家屋里鱼贯而出。他们得查看自己家的牛羊圈又遭受了怎样的袭击呀！然后，他们还得提心吊胆、彻夜不眠地守在外面，直到太阳从东方升起。

不过让我无法理解的是，纵横喀伦坡大牧区的狼王洛波，凭借它出众的智力、非凡的魅力和卓越的领导力，再加上它在这个地方的名声和地位，按理应该是有数百只狼相拥相随的，可是事实却正好相反——它的助手并不多。当我联想到人类历史上那些残暴的帝王将相，多是众叛亲离的状况，才勉强为狼王的这种情况做了解释：很可能是因为它太过独裁专制，再加上它那自视颇高，绝对相信自己有高"狼"几等的气势，逼得愿意跟随它但能力欠佳的狼卒因为畏惧而不敢走进它的队伍。还有一种解释是，狼王自己就没有打算让自己的队伍特别的庞大。在它看来，目前跟随它的这么些狼已经很合适了，它不希望在管理上耗费自己太多的精力，情愿把多余的精力用在捕猎上；再说现在跟着它的都是喀伦坡地区的狼族精英，这可比养一群不懂搏击技巧的狼中"饭桶"要明智得多。让我们再看看吧，到狼王当权的最后几年里，它的队伍已精减到只剩五名助手了。但是可以肯定的是，它们都非常出色，并且在这一带早已名声大振，光是它们的身形就比普通的狼大好几倍。

就拿狼王的副将来说吧，那可算是一只巨无霸狼。看！副将那个头，那奔跑的速度，那作战的效率——五秒钟内就能咬断一头公牛的脖子。但是，就算这样，这名副将的各般武艺以及它的体型和狼王洛波比起来，也还是小巫见大巫。

在狼王队伍里另外还有几名超群绝伦的狼助手。其中一只全身雪白，出落得非常美丽，人们叫它"布兰卡"或者"白雪姐"。从狼王对它绅士般彬彬有礼的态度上，可以判断出它是狼王的爱人，也就是狼后。还有一只以速度闻名的黄狼也是值得介绍的，据说只要它想捕获哪只羚羊，那只羚羊就一定跑不掉，简直已达到手到擒来的地步。请注意：对方可是驰骋在旷野中，号称"飞毛腿"的羚羊哦，可见黄狼的速度不同一般。

要想知道更多有关狼王和它精英狼队的故事，最好的方式就是向这里的牧人和牛仔们打听，因为他们对这队特别的狼相当熟悉，是最有发言权的。更贴切地说，是狼王洛波和它的手下让这里的牧人和牛仔们伤透了心、费尽了脑汁，这正好也说明狼队与牧人、牛仔们的生活是紧密联系在一起的。据一位牧人说，他一天可以看到这队狼三次以上。当然，在一天内听到这队狼在牧场上如何猖狂的故事的机会就更多了。所以牧人和牛仔们每天都在祈祷，希望自己能亲自捕杀狼王洛波，哪怕就是捉到它的一名手下也好。虽然，在喀伦坡生活的所有牧人，甚至那些猎人都发誓要取下狼王的脑袋，就算是以家里最值钱最宝贵的猎狗为代价，也在所不惜。但这个狼队却像是有狼神护佑，人们使出了千百种捕杀它们的计策，都被狼队一一识破；相反，人们从这个狼队那里得到的却是更多的蔑视和嘲笑，它们对这里的猎人和他们下的毒药或者放的捕狼机根本是不屑一顾！在这期间，至少有五年的光景，它们向这里的人们索要的"贡品"恐怕能够堆成一座喜马拉雅山。很多老牧人捶着胸说："一天不失掉一头牲口的话，就不正常！你会担惊受怕，指不定一到早上你一整圈的羊就成了一堆被撕扯得支离破碎的尸体！"

通常，在那些小山林里，猎人们看到的那些普通狼都是饥肠辘辘的，所以就会认为狼是杂食动物，在饿得发慌的时候连蚂蚁都会挖来吃了。可是在这个地方，这种想法是讲不通的。就看这些年的估算吧：一个村光被这队狼吃掉的肥牛羊，就不下两千头，还没算被它们糟蹋掉的呢！它们个个生得毛亮皮润、身形挺拔、精神抖擞，对吃的食物自然挑剔得不行。那些老的、病的、不入它们眼的或者不干不净的动物的肉，它们瞄都不瞄一下；就算是牧人刚宰的好牛羊，它们也是不去碰的。它们要吃的是那种刚刚满周岁的小母牛，而且要选最鲜嫩可口的那些部位，其他部位也是一口都不沾的。虽然这么说，但是它们时不时还是会去惹那些老公牛、老母牛或者小马驹什么的，显然这不是为了填饱肚子，而只是享受猎杀中的快乐罢了。最恐怖的一次是一八九三年十一月的一个晚上，白雪姐和黄狼就在梦幻般的月光下，杀死了两百五十多只羊，却一口肉也没有吃。很明显，它们把干这事当成了无聊时用以消遣的娱乐项目之一。

刚才的那些例子，只是为了证明狼王团队的恶行已影响到人们的生活了。为此，这里的人咬住牙，拼命使出各式各样、奇怪新鲜的捕狼招数。但这对于狼队来说，就像挠痒痒一般，相反它们还越活越自在了。后来，这里的牧人只得把希望寄托于外援，张贴告示，要用高额的赏金来换取狼王的脑袋。于是那些善配毒药的猎人就拿出祖传的各种秘方，有的甚至还下了几十上百味药来毒杀狼王，但都被它发觉而避而远之了。当然，也有狼王害怕的，那就是最新式的武器——枪。洛波懂得枪的威力，也知道这里都是人手一枪，所以从没有听说狼王攻击人的事。自然，聪明的狼王也让它的部下明白了这一道理，所以它的军令就有：在白天，遇见的人不管离自己有多远，只有跑才是上策。还有一个能保证它们生命安全的方针是：只能吃狼队自己猎获的食物！这一条很管用，不知化解了多少次危难。

狼王的精明还表现在嗅觉上，它的敏锐度高到人类手指头触碰过的味道都能闻出来，更别说毒药本身了。这独到的本事可以保护它一生不被毒药所伤。

有一回，一位猎人听到狼王的叫声，音调很像是在为狼队加油助阵。那个猎人便悄悄地靠近，看见的状况可让他够吃惊的——那嘴张得足可以放进一个大碗！原来，喀伦坡狼王的手下们正在一个凹陷的山地上围攻一群牛。狼王并没有直接参与，只在对面的山冈上远远地观望着这一切，但它严肃的表情酷像人类军营里的某个司令官。白雪姐和其他狼卒正齐力去拽牛群中间的一头小母牛，它们用尽方法。可那些壮实的老公牛、老母牛哪里肯放弃自己的孩子，齐心合力紧紧地挤在一起，牛头朝外，用它们的粗牛角来对抗狼队的攻击。不过牛群中难免会有因体力不支而出现闪失的牛，不然这个严密的牛阵是很难被攻破的。狼队似乎也知道牛群有这样的弱点，所以才不畏牛角的尖硬，而进行一次次的猛烈进攻。不过，大约二十分钟过去了，这群狼还未能找到牛阵的漏洞。狼王洛波似乎对它的部下很失望，它怒吼一声，便闪电般地冲下山冈，向那群牛猛扑过去。霎时，牛群见到狼王，又见其猛烈的架势，便都惊慌失措。大多数的公牛都往牛群中央退去，刚才还坚固无比的"牛阵"就这么给攻破了。

接着，狼王又纵身一跃，冲到了牛群中央。这下，牛们惊得如一颗颗刚引爆的炸弹，搅得尘土大作，彻底溃败开去。那头被白雪姐盯上的小母牛也跟着老母牛逃走了，不过它没能跑出二十步，就被狼王给扑倒在地。狼王咬住这个倒霉鬼的脖子，轻轻往后一拉，又将它重重地往地上连摔两次。这可怜的小东西哪里受得了这样的折腾，不到半分钟就已四蹄朝天，拼命挣扎着。这时，狼王的部下都扑了上来，一会儿工夫小母牛便完完全全地丢了魂，咽了气。需要说明的是，狼王把这头小母牛扑翻以后，就大摇大摆地离开了，并没有继续和部下们一起撕咬猎物。它离开时的表情好像是在说："哎呀，你们这群废物，怎么回事！这么小的东西，还需要我亲自出马！"

这时候的猎人再也待不住了，他策马加鞭，吆喝着冲向正在撕扯小母牛的狼群。狼队和平常一样，见有人过来，便识趣地退开了。猎人忙把随身带着的一瓶毒药——马钱子碱，往小母牛的身上洒了下去。他知道狼群一定会倒回来吃这顿美餐，因为这是它们亲自捕猎到的，而且还是它们最爱吃的小母牛。到了第二天清晨，猎人带上布袋再次去那个地方，打算去捡中毒的狼的尸体，谁知道结果让他又惊又怒。那些狼的确是回来吃过它们的猎物，可是那些猎人洒过毒药的肉，被狼们全部准确无误地剔开了！

在喀伦坡，关于狼王的传闻一则胜过一则，搅得人心惶惶。有的说它是某位天将的坐骑，趁天将醉酒而挣开了枷锁，到这里作乱来了；有的说它有精灵护体；还有的说它与魔鬼是好朋友；甚至还有人干脆就说它是狼神下凡。可见人们对狼王洛波的恐惧已一年比一年厉害，因而要它脑袋的人也越来越多，狼王洛波的头也自然一年比一年值钱，到后来竟然有人出到了一千美金。这可不是一笔小数目，比警察局通缉要犯的赏金还高出好多哩。

这样的"好事"传得很远，住在德克萨斯州的一位牧人听说后，便动了心，背上自己最好的装备，发誓要拿到这笔不菲的赏金。他叫坦纳瑞。当他骑马来到喀伦坡河谷时，就迫不及待地嚷嚷着自己就是狼王洛波的克星。因为他有当今最好的猎枪、最快的马，以及一大群最凶猛的狼狗。他称自己曾经带着这群狼狗在狭长而险峻的山路上扑杀过一大群恶狼，那群狼都被自己的猎狗咬断了脖子，而它们却毫发无损，所以他坚信：洛波的脑袋会很快挂在自己的马鞍子旁。

这天正好是夏季里最晴朗的一个早晨，篱笆、树木、山林和原野呈现出浓绿的色彩；太阳羞答答地流露出灰蒙蒙的一片曙光；鸟儿的歌声和千万种昆虫的嘤嘤声充满山谷；晶莹的露珠在草原的花床中闪耀着珠宝般的光亮。信心十足的坦纳瑞就在这个时候，带着他的队伍踏上了猎狼之路。没过多久，坦纳瑞的狼狗群就兴奋得不行了，狗们那响亮的叫声似乎在告诉整个山谷的牧人：狼王就在前方，好好看看我们是怎么大显身手的吧！果然，坦纳瑞在狼狗的后面跟了差不多三公里的路，就发现了狼王团队的踪迹，于是乎，一场精彩的"追猎表演"开始了。只见带头的狼狗狂叫着，要去阻拦狼队，后面的狼狗也紧接着跟了上来，拼命去牵制狼王的步伐，好让自己的主人骑马过来用枪结果狼王的性命。狼狗很熟练地进行着猎捕的每一个步骤，一看就知道它们是受过专业训练的。在它们的故乡，也就是在德克萨斯州的旷野上，这样的猎狼方法是很奏效的；但是，它们不知道这里是怪石嶙峋、支流众多的喀伦坡河谷，很难在这里找到一块完整而无任何阻绊的平地。这样奇特的地方，只有精明的狼王洛波才懂得其中的玄机。也就是说，这里根本就是狼王的地盘，哪儿容得下人类娇生惯养出来的狼狗来放肆。

看！敏捷的狼王迅速奔到最近的支流那里，轻轻一跃就过了河，甩开了刚跟上它的猎人。同时，狼王的部下们又各自选了一条路线分散跑，把追踪它们的狼狗一只只引开。狼队成员跑了一段路后，又重新聚拢起来，可那些狗不管怎么努力，却不能像狼队那样迅速、整齐划一地再次会合在一起。这样有条不紊的策略，简直就是狼队专门为对付那些"笨狗"而准备的。而更惊人的还在后面，由于聚在一起的狼队明显比被分散了的狼狗数量多，它们便反身扑向追上来的狗，上来一只扑倒一只。一阵凄惨的狗叫声过后，我们就只能看到横躺在地的狗尸体了。当然，狗群中也有见势不妙果断躲闪，然后忍着伤痛逃回来的。据坦纳瑞说，他等了一个晚上，整群狼狗只有六只幸免于难，其中还有两只被咬得皮开肉绽、鲜血淋漓，一回到家就倒在他怀里了。后来，坦纳瑞不能忍受这丧狗之痛，带着仅有的四只伤狗又尝试过两次，一来是为了给自己的爱犬报仇，二来还是希望自己就是那个领到一千美金的“猎狼英雄”。可是，这后面两次更是损失惨重，特别是最后一次出战，坦纳瑞的坐骑——那匹曾让他最威风的上等马被摔死了。这之后，我们再也没听到这位可怜的牧人说过猎狼之类的大话了。他放弃了所有的猎捕行动，灰溜溜地回到德克萨斯州隐居了起来。也从那以后，狼王洛波带着它的狼队就更加肆无忌惮地活跃在喀伦坡河谷了。

后来，又有几位勇敢的猎人信誓旦旦地来到这里。他们拍着胸脯，称自己就是那个能征服狼王洛波的人。他们如八仙过海一般，各自拿出自己的捕猎绝招。其中一个猎人用上了最新发明的毒药，并且精心研究了一整套下毒的方案；另外有一个是法裔加拿大猎人，他不但用上了毒药，还特意从巫师那里学来了符咒。可是这些方法对于狼王和它的队伍来说，似乎连一根狼毛也没有伤到。特别是那个念符咒的猎人，他本以为他的符咒可以对付这只“老狼精”，能够增强毒药的效力，彻底地消灭狼王和它的“保护神”。可是，对于这只大灰狼来说，不管你用的是怎样的怪异毒药、使用了怎样绝妙的下毒手段，还是加了怎样神奇的魔法符咒，都是白搭！到第二天早晨，大伙去检查猎狼是否成功时，看到狼王还是那个目中无人的狼王，狼队还是那个无法无天的狼队。它们依旧生龙活虎，依旧四处活动，依旧大吃大喝，依旧想骚扰哪家牧人的牛羊就搅得哪家鸡犬不宁。终于，来到这里的所有外地猎人，都宣告拿这队狼毫无办法，只好放弃那笔可观的赏金，该去哪去哪里了。

就在这些猎人心灰意冷，都收拾行装，准备到别处打猎的时候，他们中有位名叫乔·卡隆的，却偏偏遇上了一桩很丢脸的事。这足以证明狼王洛波根本就不把人类放在眼里，他绝对是喀伦坡的王！那是一八九四年的春天，乔·卡隆见这里水草丰美，风景如画，而且一到晚上，郁郁葱葱的青草在晚风中俯仰起伏，便心生一念：在这里建个牧场。这么好的草，一定会把牛养得膘肥、马喂得强壮，日子一定好得没法说了，再不用过那种为了生计而四处奔波的打猎生活。于是，卡隆就在这里安下了家，成了一位牧人。而这里正处在喀伦坡河谷的一条小支流边上，他的牧场和周围的草呀、小溪呀融合在一起，从远处看，还真像漂浮在水上的绿岛。但是，卡隆看上了这地方，知道这里的好；那么凭狼王的智慧，应该也是瞄得上这个地方。这不，没过多久，在离乔·卡隆家大约一千米的地方，狼王洛波和它的配偶就把自己的"家"搬了过来。它们要在这个季节生儿育女呢。

据说，整个夏季狼王两口子都在这里待着，咬死了乔·卡隆家不计其数的狗、牛、羊等。它们在山谷中的岩洞里自在地进出，带着自己的部下大摇大摆地巡逻，很明显是在嘲笑乔·卡隆投放的那些不中用的毒药和机关。乔·卡隆也的确和这只大灰狼较上了劲，他每天的工作除了小心地看好自己的狗、牛、羊，不让狼群给糟蹋了之外，还得把心思放在如何制服这群"恶棍"上。比如，他想到用烟把狼王两口子给熏出来，想到用炸药把它们给炸飞了，还想到挖出天罗地网般的陷阱，活捉到它们中的谁。这些计策乔·卡隆都试过，可结果却告诉他——都是枉费心机！机敏的狼王和它的爱人，以及它的那些部下都巧妙地避开了他的陷阱。可以说，乔·卡隆用的那些小伎俩一个都没有派上用场。它们照样让乔·卡隆每天损失几只牛或者羊，照样咬死他的狗、毁坏他的牲口圈。

　　"唉，就在那里！去年，它们在那儿住了一个夏天，也就骚扰了我一个夏天。我的牲口几乎被它们糟蹋完了，可我拿它们根本没辙。在它们眼里，我活像头蠢猪！"乔·卡隆指着山谷那边满布洞穴的岩壁说。

我与狼王有个约会

在喀伦坡河谷，有关狼王干了多少破坏抢掠的事，我都是从当地的牧人和牛仔们那儿搜集到的，但是我还是持怀疑态度，并非完全相信上面那些事都是真实的。直到一八九三年那个秋天，我有机会亲自与这位威震喀伦坡的狼王洛波结识后，才相信他们说的全都是真的，而且我敢说我对它还有比别人更刻骨铭心的感触。

因为几年前，也就是我的爱犬宾果还在的时候，我也曾是一位捕狼的好手；不过后来我换了职业，新工作让我不得不离开大自然，乖乖地坐在写字间里爬格子。可是我的心还是和大自然靠得很近，我还希望能再与美丽的草原、清清的溪水、茂密的森林打招呼，所以当我那个在喀伦坡当牧场主的朋友写信邀请我去新墨西哥，显显捕狼的身手时，我立即答应了。

当然，由于我早就听说过这头大灰狼的厉害，很想一睹它的真容，便迫不及待地赶到了喀伦坡河谷。当天，我连包裹都没有卸下，就骑着马四处奔走，想要好好熟悉一下这里的环境，看看被这位狼王选中的大牧区究竟有多么的了不起。我的朋友为了我的安全，也陪着我。在经过一些皮肉模糊的动物尸体时，我的朋友便义愤填膺地对我说："不用说，这样的事只有它才干得出来！"

看到这一切，我惊呆了。我心里明白，像这样一个崎岖怪异的河谷，估计也只有狼王才有自由奔驰的本事，难怪人们用了最优秀的马、最凶猛的狗来追捕它都是无用的。也因此，人们才不得不用毒药和机关来对付它，估计这也是唯一可能制服狼王的办法了。不过虽然捕狼机已经大量上市了，但我们这里还没有足够大的捕狼机，所以要我来，也得从选择使用毒药开始。

自然，有关成百上千种下毒、设机关捕捉这条"老狼精"的方法，都用不着我一一写明了。总之，凡是其中沾了马钱子碱、砒霜、氢氰酸之类剧毒的东西，我都试过了；凡是能用来当诱饵的食物，我也统统试过了。可每当我兴致勃勃地去寻找中计的倒霉蛋时，却发现那个倒霉蛋只有我而已——没一条狼上当。这时候，我才真正理解到喀伦坡大牧区的牧人为什么愿意出重金来悬赏狼王洛波的脑袋，也能够深深体会到他们总是捶胸顿足的心情了——换言之，这只狼实在太精明了！

虽说狼王的故事我已经啰啰唆唆地讲述了很多，但那些都是别人说给我听的，我还是想让你们知道我亲身体验过的。而且，我只举一个例子，就可以证明精明的狼王避开人类陷阱的本事真是绝了！有一次，我跟着一位老猎手学习一种下毒的新方法。老人家一边提示我，我一边认真操作，一步也不敢闪失，心想：这样妙的方法，让狼王上当一定万无一失了。我先准备好几块新鲜的小母牛肉，是小母牛腰子部位最肥的那几块，这是狼最爱吃的。然后，我取了一些奶酪，和小母牛肉一起，拌在一个白瓷盘里，并且煨烂了。得强调一下，为了不让嗅觉敏锐的狼王察觉，我选用的都是骨头刀来操作，一点金属器皿都没有碰过。等肉凉了后，我就一边切肉，一边在切好的肉上开洞，紧接着把大量的马钱子碱、氢氰酸等高致命性毒药塞进肉里。最后，我又挑了一些奶酪封住洞口。需要说明的是，我并不是直接把毒药塞进肉里的，而是用一个绝不透风的胶管包裹住毒药，再往肉里塞的；在这期间，我戴的手套都是在刚宰的小母牛的热血里浸过的；并且，从头到尾我都没敢往白瓷盘里呼过一口大气，几乎是憋着气，用最快的速度完成的。等这一切就绪，我把它们分装在一个涂满了牛血的生皮口袋里，再把一些牛肝和牛腰系在绳子头上。我跨上马，一路拖着生皮口袋走，不敢在地上留下一丝人的脚印。我就这样绕着圈子走了十多公里，每三公里就搁下一块毒饵，而且我是从马背上俯下身子很小心地放，不让手与它接触，更不让自己沾到地，以免让狼嗅出人的气味来。

通常狼王洛波会在每星期的开头几天来到喀伦坡大牧区巡游，后面几天，它则转向格兰德山附近去闲逛。我放毒的这天刚好是周一，所以当天夜里，我就听到了好几声特别的嗥叫，声音低沉而洪亮。大伙都被惊醒了，纷纷窃语道："快听！它来了，是它来了！"

第二天天还没亮，我便整装出发，急切地想要得到捕狼的成绩。没过多久，好消息就来了——我发现了它们的脚印。从脚印上，我很容易地分析出狼王洛波是走在最前面的。一般的狼，前爪约十一厘米长，稍大点儿的也不过十二厘米；而狼王的前爪却足足有十四厘米呢，这是我前前后后量了好几次得出的结果。当然，它的其他部位也很庞大，比如它身高有近一米，体重能达近七十公斤。想到这样明显的身体特征，那么它的脚印就算是被其他的动物来来去去给踩模糊了，也是不难辨认的。还是说我的牛肝、牛腰吧，从跟踪的迹象看，狼队应该是发现了我拖毒饵的路线。从我丢下的第一个饵看，狼王洛波还围着它转了两个圈子，然后走近饵，嗅了嗅它，最后叼走了它。

这让我不得不高兴地叫道："它上当了，我捕获它了！"我一边向我丢第二块饵的地方寻去，一边欣喜地大喊着，"看吧，不出两公里，它的头就挂在我这里啦！"当然，我兴奋得已没有耐心低着头，细看狼队留下的爪印，而是加快了马步，赶到放第二块饵的地方。这时，我激动得真想对着大山连呼三声"我真的抓到它了"！因为第二块饵也不见了。于是，我又继续向前走，心里还估摸着：这么多饵都没了，说不定那一队狼都上当了哩。哈哈，狼王呀狼王，没想到你的整个团队都败在了我的手上！可是，我的心里又矛盾起来，这些毒饵都是剧毒的，只要吃下一小块，走不了几步就会倒下，可我走了这么远，为什么还能看到狼队的爪印呢？而且从爪印上看，它们的步调均匀有力，看不出一点儿中毒的迹象。没法子，我只得继续跟着这些爪印往前行。

几小时过去了，我担心因为前面兴奋过头了，看得不够仔细，把倒在路上的狼尸体给漏掉了。所以，我骑着马把来时的路重新搜索了一次，但我想要的死狼连半点影子也不见。我并没有失望，继续向前走，在丢第三块毒饵的地方依然只见狼爪印，不见毒饵的影子。当我寻着狼王走过的路来到放第四块饵的地方时，才明白其中的原因——它们连小半口也没有咬过，只是叼在嘴里往前走而已。让人更气恼的是，狼王居然把叼来的前三块饵和第四块饵堆在一起，然后在它们上面撒了一泡尿。洛波做这事，意思明摆着——它蔑视我们人类的毒计！从狼爪印上看，狼王把这堆食饵糟蹋后，就带着它的随从往山上逍遥去了。

上面这个有关毒饵的故事，只不过是我与狼王斗智经历中的一例。像这样一类的事情还发生了很多，它让我不得不承认：狼王的智商已高到"百毒不侵"了，所以用毒药这种计策是伤不了它们的。虽然我们已定制了大型号的捕狼机，可在这些机器还没有运来的时间里，我们还得坚持使用毒药，尝试一些新配方。这倒不是说我就多么固执，明知行不通的事却非得那么干；而是在那个时候、那样的地理环境下，要防止猖獗的狼队给人类造成更大的危害，用毒还算得上一种比较行得通的手段。

其实，要是狼王不那么猖狂，不总是没事就和周围的牧人闹着玩，以它那深不可测的本事，它的好运估计会伴随它一生。可它毕竟是动物，再聪明也聪明不到哪儿去呀。看看，就在我的眼皮底下，它又犯事了，惹得当地的牧人硬是跳了三丈高，幸亏那时候我们仍然只能用下毒来对付它。说到狼王有时纯粹就是胡闹这一类事，最不可理喻的就是虐扰羊群——狼队只咬断羊的血管，却不会吃它们。放牧的时候，牧场主通常会将一千到三千只羊圈在一起，请一个牧民来照看；而在晚上，所有的羊就会集中在一个隐蔽的地方，方形羊圈的四个角都有一个人留守，以保证羊的安全。但是比起奸猾的狼来说，羊还真是没啥头脑，就是极小极小的骚扰也会把它们吓得乱了阵脚。还好羊们天生怯弱的性格让它们寸步不离自己的头领。谁能保护它们，它们就会对谁产生很强的依赖性，因此领头羊在哪里，羊群就会靠向哪里。牧羊人利用羊这种依赖性，在羊圈里巧妙地赶进五六只山羊。当绵羊们觉察到这几位生胡子的表亲要比自己更聪明时，就会紧跟着它们，特别是夜间，更是时刻围在山羊的前后左右。也正因为这样，就算是有警报出现，胆小的羊们也不会被冲散。

但也有例外，那年十一月末的一天夜里，狼队把看守羊群的牧人惊醒了。虽然羊圈里的羊都向山羊靠拢，而山羊也不惊慌，把头上的犄角对向袭击者，誓要和狼队拼个你死我活。可天啦！山羊们哪里知道，这一次和前几次并不一样，进犯它们的可不是一般的狼，是洛波狼王呀！洛波和牧人一样，懂得山羊是羊群的精神支柱这个道理。只见它闪电般地跃进白花花的羊群，而且不偏不倚，像是早算准了落地的位置——正好扑在山羊身上。一分钟没到，那些山羊就全被送到"极乐世界"去了。那些受到惊吓的绵羊，见靠山没了，便一下丢了魂，成了无头苍蝇，向四方乱冲乱窜，几千只羊也就这样给冲散了。

当时我为了研究狼王的行踪，好想对策制服它，便整天泡在喀伦坡河谷。所以这事发生以后的好几个星期里，几乎都有焦急不安的牧人来我这里打听："你在喀伦坡遇到过几只有'O(T)O'标记的羊吗？"开始我为了安慰他们，回答好像看到过一些。有一回，我还这么说："我在钻岩洞时，的确看到过五六只这样的死羊。"好让牧人明白，就算当初没被狼王杀害，但走散的那一些羊估计也活不长，应该都被住在洞穴里的狼咬碎了吧？可是，牧人因为损失太重，还不能接受这样的事实，所以依旧不停地寻找，到处询问它们的下落。后来，我记得还这么说过："我见过一小群羊在玛尔佩坪上乱跑来着。"还有一次，我这样对一位可怜的牧人说："没有，我好久没见过这样的羊了。不过前阵子，我听琼·梅拉说，他在塞德拉山特见到过十来只刚被狼咬死的羊。"我对他们说的都是实话，大概至今还有幸存的羊散落在附近哩。

　　还好，这事没发生多久，大型的捕狼机运到了。大家都把心思放在了这批全新的设备身上，而无暇去顾及那些走失的羊了。我和两个朋友用了一个礼拜的时间，来安装这批机器。这可是我们的希望，因为我们为捕到狼王而劳苦地工作到现在，能想到的办法都试过了，只有使用捕狼机这个策略还没有用过。在捕狼机被安置完毕的第二天，我便骑马巡视，看看这机器是否管用。可是很糟糕，我在捕狼机边上发现了狼王跑过的脚印。从留下的踪迹，我能够推测出整个晚它们全部活动的经过。夜虽然很黑很暗，我们虽然确定把捕狼机隐藏得很好，可是第一台机器还是被洛波的"金睛火眼"发现了。它果断地命令它的手下退到捕狼机四周，同时用爪子小心翼翼地去扒机子四周的土，直到整架机身完全显露出来。它看到这台机器上除开那些粗硬的铁皮、铁块，还由铁链、木桩、锯齿、弹簧等构成，而且弹簧还绷得紧紧的。它似乎明白了这机器的威力和用途，所以示意随从不要轻举妄动。几分钟后，它见这机器没有对它们怎么样，才离开那里继续前进。后来，它又用这同样的办法，一个晚上就处置了十几台捕狼机，真是不简单呀！

　　后来我发现，狼王对那些它认为可疑的行迹，都处理得谨小慎微。首先它采用的就是停止前进，然后转向一边，接着思考"敌人"的威胁指数。我们也利用它的"谨小慎微"，想出了一个对付它的新招。我把捕狼机设在路的两边，并且整整齐齐地排在一起，然后在道路中间放一台，也就是说把机器排成"H"形。但是，我们发现老奸巨猾的狼王并没有上当。起初，它顺着放置机器的这条路跑来，也按着我们的计划行进到摆放在路中间的那一台机器前，已深入两排平行的机关中了。然而，我们低估了它的灵敏度，它的脚步及时地刹住了！至于它为什么这么机敏，为什么能这样准确地预见到危险，我们谁也解释不清楚。更绝妙的是，狼王居然寸步不偏地沿着自己来时的脚印退了回去，直到走出这个布满机关的陷阱。这时，我们认为它会远离这片区域。可它并没有这样，而是转到路的一边，用爪子把隐藏在路边上的捕狼机挨个挖了出来，最后还用后爪使劲地扒出土和石块，把它们扒得高高的，让它们把绷得紧紧的弹簧都触发了，才放心地离去。通过这次尝试，大家对狼王洛波有"狼神"护佑的传说更深信不疑，要不它怎么知晓人类设下的重重机关呢？

后来，我们更加小心，并换了别的花样来哄它上当，可它总能提早发现，并及时避开。可以说，像它那样的警觉度和机敏的脑子，似乎就是"战无不胜"的标志。但是它后来的故事，让我不得不相信，上帝造物的原则是永远不会改变的——他能给予你优点，也会给你缺点，不是你不知道，只是时候还没到。它的缺点就在对白雪姐的用情上，狼王是个太重情的"汉子"。要不是因为那次事故，导致它后面更加不幸，指不定到现在它还逍遥在喀伦坡河谷哩。

可悲呀可悲！但这是不能怪狼王洛波的，在大自然中还有好多这样的英雄，也因为某个轻率的决定而死于非命。这些"英雄"在独自一人时，总是所向无敌、天不怕地不怕，但若遇上那个所谓的同盟者，并且完全信赖同盟者以后，事态发展往往就转向了对其不利的那一面了。

爱江山更爱美人的大灰狼

当我好几次察觉到，狼王的队伍和以前不一样了，就知道喀伦坡狼的命运在发生变化。比方说，从狼的爪印中能够看出，一只身形比狼王小得多的狼，时不时地走在狼王的前面，而狼王并没有阻止，反而是放任它。这是很不正常的现象，在这样一支以权威和能力来管理属下的队伍中，洛波就是神圣不可侵犯的王，照理说是不会有哪名成员敢说"我比王还了不起，我敢走在王的前头"。就算有，也会被暴虐的狼王洛波以威猛的气势镇压下去。而现在的情况是，狼队中就是有这么一只敢走在狼王前头的狼，而且狼王还顺着它，心甘情愿地把"前头"的位置送给它。这让我纳闷了，直到和一位牛仔谈起这事，我才搞明白狼王的"把戏"。

牛仔对我说："我今天在山坡上看到了狼王队，你猜怎么着？"我睁大了眼睛等他往下说，"我看到一只白狼跑到了狼王的前面！"这下，我的疑团才算解开了，于是我说："我敢说，那只白狼是只母狼，而且还是狼王的爱妻。你们想呀，要是它是公的，洛波还不跳上去除了它？"

大家也同意我的看法，也因此，大家给那只白狼取名字，就有了"白雪姐""布兰卡"或是"狼后"的称呼。当然，这一新发现不光是为只狼取个名字就算了，得好好利用不可。于是我马上就提议宰只小母牛，然后放一两台捕狼机在死牛边上。当然我在放牛肉前会把牛头先割下，放到一边，因为这对狼来说根本就是没有任何价值的，谁也不会去理会。但是，我并没有把牛头扔到垃圾桶里，而是把它放在一个特意安排好的位置——离死牛不远的地方。这后面的布置就不得了了，我在牛头的周围设下了六七台强有力的金钢捕狼机，并将这些巨型的机器隐藏得不留一丝痕迹；而且在这之前，我还是把它们的金属味用小牛血处理过呢。也和以前一样，为了不让聪明的狼嗅出人的气味，我将手套、皮靴和安置机器的零部件、工具统统用牛血涂抹了几次，地上也洒上了牛血，做出的效果就好似这些牛血是从牛头里淌出来的一样。当把捕狼机彻底埋进土里后，我又用郊狼皮把那里来来回回扫了几次，还用郊狼的爪子在上面踩了几道狼爪印。小母牛的头扔在一旁的杂草上。关键的是，在牛头和这几台捕狼机之前的道路上，我还埋藏了两台极大的捕狼机，并让它们和牛头相连。

我们都知道，狼是好奇心很强的动物，只要它嗅到动物的气味，不管它会不会吃，都要探个究竟。我这次的计划，也正是瞅准狼的这个特点而设置的。当然，我并不对狼王洛波抱希望，谁都知道它对我们的这一系列花招都是心中有数的了。可我对这次的"牛头计划"还是有信心的，它会引得喀伦坡狼队中的哪一只狼走进我的圈套呢？因为那牛头还真像是被当成废物扔在一边的。

第二天，我起得特别早，因为我预感到这次的布置能够成功，所以满怀希望地赶往现场，查看那些机关。哈哈，还真不错！满地都是喀伦坡狼队的脚印，特别是放牛头和那两台最特别的捕狼机的地方，空无一物——这表示它们中有中计的狼。这更让我兴奋了，但是因为有了前几次被狼王戏弄的教训，我还是压住激动的心情，开始认真研究它们留下的爪印。果然，我发现狼王洛波是阻止过它的队伍继续往放有牛肉的地方前进的，但它们中有只不信邪的狼，偏偏要自作主张，朝着扔牛头的地方跑去，这样的后果就是它中计了——有一只脚稳稳地踏进了捕狼机的机关。

当然，它拼命挣扎，并且拖着机器向山上逃去了。我便叫上牧人朋友，跟着那只倒霉的狼留下的印迹追着。没追多远，我们就知道它是谁了。其实这并不出我们所料，中计者是白雪姐，只有它才敢违背狼王的命令，大胆地做些自以为是安全的事情。但它哪里知道，要是没有狼王对它们的保护，喀伦坡哪有它想象的那么美好。这里和其他大牧区一样，处处都是诱惑和陷阱。唉，可怜的狼后，我们见到它时，它还死命地拖着二十多公斤重的捕狼机和牛头，用自己最快的速度向前跑着，而且当它发现我们后，居然还能够把我们之间的距离拉得更远。可能是它命该如此，就在它跑到一块大岩石处时，因为拖在后面的小牛角给挂住了，它怎么也拖不动，这才让我们赶上了它。当我走近它时，才看清它的模样。说实话，它是我所见过的狼中最美丽的。它浑身雪白且油光，眼睛时时都闪着动人的神情，难怪狼王那般宠爱它。

白雪姐见我们追上来，知道逃也逃不掉了，便喘着粗气，转身要与我们决斗。它昂头向天发出一声震彻山谷的长嗥，在山间回响起的狼队助威声中，它又接连叫了几声。而在远远的高坪上，还真的传来了狼王洛波的应答。这应该就是狼后最后的呼救，因为这时候我们已举起了手上的武器；它只有选择鼓起勇气，迎接这一场不可避免的自救战。

后来，我回想起这事，还真有些后怕。我们每个人都向白雪姐的脖子扔过去一根套绳，然后驾着马向着相反的方向拉扯。直到它嘴里喷出血，眼睛发直，四只脚僵硬得瘫倒在地上，我们才停手。随后，我们并没有下马，只是拖着这只死狼往回跑。我们谁都没有想太多，只是为能够逮住喀伦坡狼队中的一名"将领"而欣喜若狂。

在发生这桩惨烈事件以及我们拖着白雪姐回去的时候，我们还能清晰地听到狼王的嗥叫声。我相信它一直徘徊在远处的高坪上，没有真正遗弃过它的爱人。只是当它知道白雪姐踏入陷阱，正准备搭救它的时候，发现了我们正朝这边走来的气味。也难怪，野生动物对人类手上持的枪有种与生俱来的畏惧，所以当我们靠近的时候，它们就会本能地躲开。但当狼王醒悟过来时，似乎对这样的退缩而感到后悔，于是回来寻找过，可那时白雪姐已拖着重重的牛头和夹住它腿的捕狼机走了很远。狼王洛波也许和我们一样，随着它拖出的印迹寻过去了，可后来又发现我带着牧人朋友跟了上来。它知道要搭救白雪姐已不可能了，不得不再次退缩，一口气奔向了高坪。但是，它的心还跟随着白雪姐，所以一整天我们都能听到狼王的哀号。它准备踏遍喀伦坡河谷寻找白雪姐的踪迹，直到把它或者说把它的灵魂给翻出来。吃晚饭的时候，我拍着椅背说："这下我更不会怀疑——白雪姐就是它的爱人，是狼后了！"

当夜幕即将降临的时候，我们从狼王的嚎叫声中听出，它正朝着出事的河谷走来，越来越近，越来越近。它的叫声也越来越悠长，已不是狼王平时那种心高气傲的嗥叫，而是带有很深痛楚的哀号了。它在不停地呼唤着它的爱人："布兰卡！布兰卡！……"

后来，我们感觉到它已找到了我们追上白雪姐的地方——那也是我们杀死白雪姐的地方，并发现了那如绽放的玫瑰花般鲜艳的血迹。它扑了上去，用前爪不停地刨地上的血迹。与此同时，伴随着的还有它那不停不息的哀叫声。那是声嘶力竭、伤心欲绝的呼喊，快把我们的心叫碎了。真是可怜啊！那种情深义重是我们之前都没有想到的，就是铁石心肠的牛仔们也说："从没听过有哪只狼像这样叫过。"我们知道，不管狼王是否已从悲痛中清醒过来，凭借它的智慧，也是能够从那被鲜血染红的泥土上知道白雪姐惨死的经过的。

不久，事实便印证了我们的判断有多么的正确。狼王顺着我们留下的马蹄印和拖拽白雪姐尸体的血迹，来到了牧场的小屋前。它是来报仇的吧？或许，它还不相信白雪姐已经死了，它是来这里寻找它的吗？这我倒不清楚。但后来我认为，它应该是来报仇的。我们的那条忠实而可怜的看门狗，是第一个迎接它的。就在离小屋大门不到五十米的地方，狼王撕碎了它！早晨，我们开门见到血肉模糊的死狗，又检查了地上的狼爪印，知道这次行动只有它一个，而且还能看出它还围着小屋疯狂地奔跑了好久。对于稳重的洛波狼王来说，这是异乎寻常的；对于一方狼中之王来说，也是不应该有这样的狂躁表现的。当然，为了保证自身的安全，我们对狼王的报复也提前做了准备，在这之前就在牧场周围加设了一圈捕狼机。我们在狼王留下的迹象中发现，悲痛已把它的性子挑拨得毛躁，它从前的谨小慎微已经给泪水淹没了，所以对于那一排明摆着的机器也没有留意。还好，它的气力并没有消减，所以就算被捕狼机夹住了腿，它也挣脱开了，并把那架"欺负"过它的捕狼机掀翻在乱草丛中。

这个时候，我们认为逮住狼王的机会来了。而且我相信，至少在这几周内，它绝不会走得太远，因为它还要继续寻找，寻找它走失的爱人。就算是它的尸体，它也要亲眼看到才肯罢休。于是，我们又挽起衣袖，开始筹划这件大事。当我们商量着用怎样的诱饵时，才意识到杀死白雪姐是多么的愚蠢。要是我们用活生生的白母狼来引诱狼王，当天晚上就能让它踩进我们设的圈套里。

后来，我们想到了另外的方法。我把还没有被损坏的一百来台捕狼机，以及还能修理好的几十台捕狼机集中在一起，差不多有一百三四十台吧，然后将四台编为一组，对它们都做了精心调试后，就安置在每一条通往出事地点的岔道口。我特意在每台捕狼机上拴了根又粗又结实的横木杠，再把它们一一埋好。埋的时候，我也依以往的经验，很小心地扒起草皮，再把挖起来的杂草和土块移到皮毯上。等所有应该埋进去的器械都埋好后，再尽量以原样重新铺上草皮，做得像没有被人动过一样。等这一切就绪后，我便到小屋里拖出白雪姐的尸体，骑着马在牧场四周绕了几个圈子；过后，又用它的前后爪在有捕狼机的地点附近都印上爪印。最后，我和几个牧人就开始检查还有哪些防御措施没有做到，哪种计策还需要完善。总之，这一次，我们将我们所有的捕狼本事都用上了，一直到天黑得什么也看不清了，才歇下来。

当天夜里，我们都没法安心入睡，一心期待着结果。我也似乎在那天晚上听到了洛波狼王的声音，但可能是自己太累了，也说不清是真听到了还是自己的幻觉。到第二天，我起得有些晚，骑马巡视到北边的河谷口时，天已经快黑了，所以只好将马头转向回家的路。在吃晚饭的时候，一位牛仔告诉我："嘿，听说今早河谷北面的牛相当闹腾。我们在那里设了捕狼机，你认为是不是把它给逮住了？"

新的一天，也就是安装好捕狼机的第三天，我很早就出发了。还没有走到牛仔昨天说的那个地方，我就看到不远处出现了一只硕大的灰狼，它趴在地上，用力挣扎着。不用说，它就是狼王洛波。我走近它时，它已被强有力的钢制捕狼机给夹住了，并试图挣脱开那结实的钢板，却力不从心。这是多么的悲哀呀，它曾是多么英武神勇，不要说洒了牛血的捕狼机了，就是经过几十次精细加工后的毒牛肝，它也能轻易分辨出，根本和"上当""受诱惑"这样一类的词离得远远的。可这次不同了，因为它要寻找它的爱人，只要觉察到一丝白雪姐尸体留下的痕迹，它都会奋不顾身地跟上去。这不，我们的圈套也就利用了它这个弱点而设置成功——它终究是上当了！我看到可怜的狼王趴在四台机器的中间，它的四肢被那些机关夹得紧紧的，动弹不得。而在它的周围有一圈牛的脚印，印迹很乱。这说明趁机报复的牛群曾围在它身边，一面试探性地靠近它，因为怕被它伤到，又谨慎地向后挪着步子；一面又喷着鼻气，痛快地羞辱着这位不幸落难的暴君。因为发现得晚，所以估计狼王已在那里躺了两天两夜了，已没剩多少气力挣扎。不过，它终归是坚强的，在我逼近它准备用绳索去套它的时候，它竖起了鬃毛，扯开嗓子发出一阵长而洪亮的吼声，几乎快把四面的山给震塌了。但是我知道，这是它最后一次让山谷接收它那深沉的噪声了。后来，我才知道，它这声嗥叫其实是狼的求救信号，它在召唤喀伦坡的狼队前来援助。可是，山谷带给它的除了它自己的回声，就再也没有别的声响了。它已失去了从前的威信，失去了王位，再没有愿意搭理它的同伴了。

现在，它已是一只孤立无援的狼了。可是，它并没有因此而泄气，反倒是拼了命地向我扑来。不过这只是一次徒劳的进攻，因为拖住它的是四台共一百五十多公斤重的钢制机器呀！每台捕狼机上的大钢齿把狼王洛波的爪子咬得死死的。我特意拴在上面的横木杠经过它多次的挣扎，早已和铁链纠缠在了一起，同时重重地压在了它的背脊上，这更是有效地削弱了它的攻击力。狼王磨着牙，可是又一点办法也没有。我试着用枪托捅它，只听"咔嚓"一声，它正好把唯一能使上力的牙用到了地方——我的枪托留下了一道深深的牙印，至今还没有磨平呢。这一刻，我从它绿幽幽的眼睛里看到了仇恨和愤怒，而我的马已被洛波的举动和恐怖的眼神吓得发抖了。

重重的打击、长时间的饥饿、无限的挣扎，还有一直在流着鲜血，再强的壮汉也是经不起这样折腾的，狼王筋疲力尽地瘫在地上了。虽然我很清楚它是罪有应得，全是它前半生的暴虐带来的报应，可当我举枪准备结果它时，却又下不了这个手。

"恶棍！在你手上遭殃的生命不知道有多少，你当时知道它们的痛苦吗？不到一会儿，你也会尝到那种滋味了，这是你作恶多端的最终结果！"我对着狼王洛波骂了一阵，然后挥起套绳向它的脑袋扔去。我以为它都成这样了，只差我们助它上天的那一下了。可是，套绳飞落的那一瞬间，我意识到要想套住它，并非像套住白雪姐那么容易。绳子是柔软的，还没有落到它的脖子上就被它轻易地截住了。它又用到了还可以派上用场的武器——牙，就那么上下一咬合，又粗又结实的麻绳就断成了两截，掉在了地上。

当然，我们还是可以用枪的，可是它的皮太宝贵了，还没有谁舍得这样做。因此，我们另外找出几根新的套绳，商量着套它的对策。没过多久，我又找来了几位套绳技术比较好的牛仔。我们先向洛波扔过去一根小木棍，等它像咬绳子那样去咬木棍时，我们"嗖嗖嗖"地将好几根绳索向它飞了过去。半秒钟不到，它的脖子已被紧紧套住了。

这时候的牛仔们，希望像结束白雪姐性命一样结果洛波。可我看到它的眼睛还能发出凶狠的绿光时，就不由自主地阻止了牛仔。我说："我们可以活捉它，把它带到牧场去。"牛仔们可能也想到，好不容易逮住了它，是应该把它带到大伙面前出出风头。于是我们捡了根短而粗的树枝，塞进洛波的嘴里，然后又用根粗绳绑住它的长嘴。把它唯一能用的武器给封住后，就不担心它会伤人了。狼王经过几番折腾后，力气应该真的用尽了，所以也由着我们摆弄，并没有反抗。它只是沉静地瞅着我们，好像在说："行啦，你们胜利了，想怎么处理掉我就随便吧！"从这以后，它就没再理过我们。

随后，我们又把它的四只脚给绑得牢牢的。在这期间，还真没听到它哼哼一声，就是头也像懒得动一下，耷拉着。当我们把它捆绑完毕，并抬到马背上时，我感觉到它的呼吸不再急促，而像是在睡大觉。它的眼睛也渐渐地清澈明亮起来，但始终没有瞧过我们。一路上，狼王的眼睛没有离开过远处的河谷。那此起彼伏、充满回忆的地方，是它成长的地方，是它称王称霸的地方，那里有它的王国、它的部队和它的爱人，那是它的一切。而现在赫赫有名的喀伦坡狼队已经七零八落、分散四方了。它就那么死死地盯着，直到我们走出河谷，岩石切断了它的视线。

　　这一路，我们走得很慢，也很小心。虽然知道狼王的团队已经离散了，还是做了以防万一的准备。还好，我们在黄昏时分顺利回到了牧场。我和几个牧人给洛波戴上铁项圈，然后将它牢牢地拴在铁柱子上，拴它的铁链又粗又重。这时候我们才将捆在它身上的绳子解开，也让我有机会仔仔细细地观察这位了不起的狼王。但当我真正看清它后，才醒悟到，以往关于它的传说都是那么的荒诞和不可靠。它的确是位英雄，但它的脖子上并没有神赐的金项圈，肩上也没有地狱之魔送给它的印记。不过老实说，我还是在它腰间发现了一个大伤疤，相传那是它和坦纳瑞放的狼狗丘瑞搏斗时留下的。丘瑞在被它放倒在河谷前，临死一搏时咬下了这印记。

　　我像喂养自家的小动物一样，把狼喜欢吃的小母牛肉和水放在它的面前。想到它这么些天没有吃一点东西，这会儿一定会迫不及待地上前来，朝我摇尾感谢。可实际状况是，它睬都不睬一下。它一直趴在地上，动也不动，只是用变得明亮的眼睛，坚定不移地望向河谷那边的原野——那的确是它的原野。我用手指触摸它的时候，它依旧专注地凝视着那个方向，纹丝不动。黄昏已至，太阳渐渐地消失，它还是死死地盯着那一大片草原。我以为，它会在晚上叫唤来同伙，因此也做好了防御准备。可在它最后的一次呼救声过后，除了峡谷的回荡声外，连只狼影子也没有。经历这一打击后，它就再也没有发出无谓的叫唤声了。

　　听老猎人说过，一头最强大的狮子被耗尽了气力，一只最敏锐、凶猛的老鹰被剥夺了自由，一只最能干的信鸽被抢走了伴侣，都会伤心而死的。那又有谁能保证，喀伦坡的这位狼王能够经得住这三重的打击，却一点儿不伤心呢？

　　到第二天早晨，我去看它的时候，见到的仍然是一只平静而安详的狼趴在那里，只是它的灵魂已和它的爱人一起走了——洛波死了。

　　我把它脖子上的铁项圈、铁链都卸了下来，然后和一位牧人朋友一起，把它的尸体抬到存放白雪姐的小屋里。当它们靠在一起的时候，牧人朋友叹了口气说："这下好了，你终于找到它了，你们团聚了。"是呀，它们就这样躺在一起了。

温尼伯湖的狼

——一只住在城镇，会保护小朋友的狼

第一次·遇见

我第一次看到温尼伯湖的狼的那年，是一八八二年。那天漫天的雪没完没了地飞舞着，密密层层地把天地包裹成一片银白；一朵朵六瓣雪花就像特意在为冬雪王后编织雪纱，一匹匹完成以后，就散落在山岭的树木上。只要被罩上的，不管是什么都得迷迷糊糊地往里钻，让外界只看得到它们的基本轮廓；再远一点的地方一片雪雾，又厚又重，白茫茫的，更难看清哪是天，哪是地了。我是三月中旬离开美国北部城市圣保罗，搭乘开往温尼伯湖的列车的。穿过大草原，本以为二十四小时内可以到达目的地，可天气改变了这个安排。一阵强劲的东风像冬雪王后派遣的猛兽，向我们呼啸而来，让我们对加拿大南部的雪有了刻骨铭心的印象：刺骨难忍、剧烈旋转、连续飘飞！风雪就这样没有节制地吹刮着，一点儿没有要休止的迹象。这么大的雪，我还是第一次见识，就连钢铁火车头也被它化成了一只困兽，在雪地里拼命挣扎，但仍抵不过冬雪王后的法力，只得停止前进。

一些健壮的热心人拿着铲子，从车厢里走出来，齐心协力开始清理堆积在火车头和轨道上的雪堆。一个钟头过后，大家的辛苦见到了成效——发动机能够正常运行，火车开动了。但是这样的状况没有持续多长时间，火车又遇上了同样的问题，逼得人们又得拿出工具，跳下车来铲雪开路。这是一项艰难的工作，不论白天、晚上，只要雪精灵让铁轨上的雪堆积起来，让车轮陷进去，让车头没法前行，大伙就得这么铲下去，一直到火车开动起来，又一直到火车又停下来……而雪始终就在四周回旋、飞舞，不肯离开。

出发前，我曾向铁路局的管理员打听，据他说到达加拿大的旅程只需要二十二小时，在车上翻翻报纸，再随便打两个盹，埃默森就在你眼前了。但是，我们这样走走停停，停停走走，到真正抵达那里时，时间已过去近两个礼拜了。这里有个白杨村，顾名思义，这一带的白杨长得非常繁茂，它们顶住了绵密的雪。因而，从这里开始，火车走得很顺利，时速近乎能和在平原上行驶那会儿相提并论。在这片浓密的森林里穿梭了数公里，我们就来到一片真正比较宽阔的平原。当接近温尼伯湖东部的圣孟尼费斯时，我们又横越了一片宽约五十米的草原。路过那时，我们正好碰上了一场令人心惊的雪地动画。

在我们的视野里出现了一大群狗，大小不一，颜色各异，品种相貌各有特色，它们围成一个不太规则的圈，一边激动地吠声大作，一边蹦跳着前进着。乍一看，还以为是哪家养狗大户在雪地上驯狗呢。但仔细一看，在距这群狗不远的地方有两只棕色的黄狗，它们一边一只静静地趴在雪地上，等待着什么；圈外侧则有一只又大又黑的狗在奋力跑跳、怒叫，就像位护卫队长一样，它不跑进圈中，一直跟在这群前进着的狗的后面。而在这狗群的正中心，站着一只高大、凶暴的灰狼。乖乖！这才是引起这些狗们骚动的罪魁祸首！

不！它真不像只狼，看那架势，倒可说是兽中之王——狮子！它站在那里，镇定、坚毅，颈上竖立着的鬃毛如太阳的光芒般自信而坚定地向四周发散着，双腿结实有力地踏在雪地上，目光傲慢地横扫四周，神情稳而不乱，毫无惧色。它的唇微微向斜上方扬起，鄙视面前这些像在玩杂耍一样用尽全身的力气，誓要围住它，但并不管用的狗，"别白费力气了，你们这群蠢货！我随便选个方位攻击，你们谁都招架不住！"

但是，依我看中间可能有些误会。狼的露牙咧齿，不过是面对敌人挑战时的咆哮而已。狗们可能认为狼在羞辱它们，便由一只大而凶猛的狗带领着，一窝蜂地应声而攻之，一次、两次……到我眼睛发酸那阵，细算下来这已是它们之间的第二十个回合的较量了。

只见那只巨狼向东西南北各个方向闪击着，伴随着颚骨发出的几下"咯吱"响声，片刻轻松而敏捷地躲闪跳跃后，狗群中便有好几只发出痛不欲生的悲鸣声，纷纷逃窜开去。在这极短时间内，发生过可怕而激烈的攻守战过后，只剩下它还稳立在战场中心了——毫发无损，和战前一样展现出一副蔑视所有敌人的模样。

这时我的心全集中在那只灰狼身上了，我多么希望火车能像以前一样，被雪堆拦住，让我快步跳下车，去那里看个究竟。可火车行驶得很畅快，它在这片白草原上一闪而过，很快我的视野就只剩下一丛丛白杨树林了，估计它比我们更急切地想要达到旅程的终点。

刚才看到的那幕景象，我本以为是雪地森林常有的事，对这片大自然来说是微不足道的野生动物间的对战，可几天后我才明白其中的底细。原来，我们所见的正是远近闻名的温尼伯湖狼，我们真是幸运呀！

这是一只令人惊异的灰狼，它的故事足可作为一部极不寻常的动物传奇流芳百世。它不喜欢寂静的森林，偏偏爱上繁华的都市；它宁愿放过娇嫩的绵羊，也绝不放过猎杀任何一条狗的机会，而且每次猎取都是单独行动。它是一只人人畏惧的魔鬼似的巨狼，也正是因为如此，才为这世界又谱写出一首真实感人的生命序曲。

虽然我在这之前已对温尼伯湖狼的故事如数家珍，但还是想打听有关它的更多信息。没想这镇上的很多新市民却对其知之甚少，住在主路上自鸣得意的店主对它更是一无所知。直到有一天，我在屠宰场见到了它最后一面。没过多久，它那巨大的尸体就被运送到海因的动物标本店，并在那里被制成标本，后来又被送到芝加哥世界博览会展出，然后就被穆尔维学校收藏着。唉！可惜一八九六年的一场大火竟让它化为灰烬……

悲惨·童年

悲剧是从这里开始的。喜欢打猎的保罗，就是那个模样有些俊俏的混血儿，是当地以懒散出了名的混混，他成天游手好闲。一八八〇年六月的一天，他带着打猎的装备，在温尼伯湖附近的红河岸周围的树林里游逛。忽然，保罗发现一只灰狼从堤岸边上的洞中蹿出来，便立即瞄准放了一枪，狼当场就倒地毙命。以保罗的经验，他觉得还能有其他收获，于是放开猎狗，让狗打前阵进洞试探。几分钟后，他在确认再没有其他大狼后，便跟着天生嗅觉灵敏的狗进入了那个山洞。哇！一个实在出乎意料的发现：里面居然趴着八只出生不久的幼狼——以每一只能够换十美金来计算，八只幼狼足以让他这一整年都不用干活，都能活得自在逍遥哦！这当然是一笔可观的财富，保罗兴奋地叫道："嘿，老天！今天对我真好，送来这么大的恩惠！"说完，他就迫不及待地用猎枪托向小狼们打去。跟随主人长大的小黄狗似乎也沾染了主人几分无赖性格，非常积极地加入了这场恃强凌弱的行动。几分钟过后，洞穴里就只剩下一只小狼了，其他七只都被活活打死了。这里解释一下，唯一没死于保罗之手的小狼，并不是因为保罗突然良心发现，起了放过它的仁慈之心。根本原因是由于当地的一种迷信，据说，如果灭了一窝同胎动物的最后一只，就会遭来厄运。于是，保罗在洞里将狼的尸体一一整理了后，就带着那七只小狼和那只大狼的头，还有那最后一只活着的小狼回了小镇。

用狼头、小狼换得钱以后，保罗便成天泡在酒坛子里，每天都喝得烂醉如泥才回家。没过多久，那笔钱全让他给挥霍一空了。但酒瘾极大的保罗实在不能忍受没有酒的日子，便将那活着的小狼抵押给了酒店的老板。

酒店老板见小狼长得凶悍，正好可以用来看门守店，便将它用铁链拴住，像养家狗一样喂它一些客人留下的残汤剩饭。虽说它的待遇和狗没有两样，但从它的胸膛和下颌看，镇里根本找不出第二只这么美的"狗"了。后来，酒店老板为了招来更多的酒客，就把它拴在院子里，供喝醉了的客人们娱乐消遣。这种娱乐通常是让强壮的狗来合作完成。酒客们会先将狗激怒，然后放它们去挑战这只小狼。起初因为小狼太小，好几次差点就被凶恶的狗咬断气了。不过日子一久，狼天生的强悍就慢慢显露出来，镇上能战胜它的狗也就越来越少了。到最后，就再也没有哪只狗敢主动去挑衅这只狼了。

小狼的惨淡生活一日苦过一日，在这镇上，唯一能给它安慰的只有酒店老板的儿子吉姆。随着时间的推移，他们间的友谊日渐深厚。

吉姆是一个很有个性的调皮蛋。他喜欢这只狼是因为它曾经打败了试图要咬他的狗。从那时起，吉姆就把小狼当作自己的特别宠物，每天拿食物喂养它，和它谈心、玩耍。作为回报，小狼也同意给予他别人不能拥有的权力——任他使唤、摆布。但除了吉姆，小狼是不会跟任何人亲近的。

吉姆的父亲并不是一个合格的父亲，虽然平时很爱儿子，但是有时却会为一点点事而动怒，追打吉姆。更糟糕的是，有时候吉姆挨揍的原因莫名其妙，并不是因为他干了坏事。后来吉姆意识到，这种情况多半是因为父亲想拿他出出气罢了。因此，他只要见到父亲在生气，就想方设法地避开，一直估摸着父亲的气消了，才敢露面。

一天，吉姆的父亲又被麻烦的客人惹怒了。为了生意，父亲把气忍下来，却准备找吉姆发泄。吉姆见势不妙，忙找地方躲藏，于是就溜进了关小狼的木屋里，把睡得正香的狼朋友吵醒了。小狼见吉姆一脸的紧张，一下就明白发生了什么，趴在地上伸了伸懒腰就转身向门口走去，对着酒店老板露出两排闪亮的利牙，好像在说："别想动我的朋友！"

酒店老板当时是可以一枪打死小狼的，但他转念一想，要是他真那样做的话，恐怕孩子的命也跟着丢了，所以就压住心中的火离开了。半小时后，他的气消了，回想起刚才发生的事，觉得非常滑稽，便常当作笑话讲给酒店的顾客听。从此以后，吉姆只要惹了麻烦，就会往小狼屋里跑。所以，人们只要看到狼屋里有个鬼鬼祟祟的小孩子，就明白酒店老板家的小调皮又干了什么坏事了。

酒店里有位老实的伙计，因为是外地人，总担心当地人会欺负他，所以总表现得唯唯诺诺，尽量不去得罪任何一个人。可问题是他越是这样，这里的人就越觉得欺负和逗弄他很有趣，所以常常肆无忌惮地找些碴儿来侮辱、捉弄他。小混混保罗就是干这种缺德事中最典型的一个。有一次，酒店老板有事出去了，就嘱托这个伙计看店。保罗看准时机，就借醉酒撒起疯来，说自己前天在这家店定了名贵的酒和鳕鱼干，今天是来柜台上取货的。伙计知道保罗根本是在无理取闹、找碴儿闹事，所以委婉地拒绝了他："对不起先生，你要的东西还没到货。"保罗一听，马上跳上了桌子，摇摇晃晃地大叫大嚷着，满嘴都是难听的脏话。这时候，小吉姆正好出来玩耍，见这等状况，便果断地取来一根长木棍，向保罗挥去，一两下就把这个小混混从桌子上绊了下来。当小混混从地上爬起来后，又大骂吉姆，还说要杀了吉姆这小家伙。吉姆见势不妙，忙奔往后院狼屋，找老朋友来救命了。

小混混追至那里，见到吉姆的前面立着他曾经带回的那只小狼，根本不害怕，便用随手捡的一根棍子向狼头挥去。小狼立即被激怒了，一边拼命挣脱着锁链，一边躲闪保罗挥动的棍子。这样的状况让小狼感觉到痛苦，但它很快就觉察到小吉姆正一边引开保罗的注意力，一边在用手摸索着解开锁链的环钩，而且马上就要成功了。其实，要不是小狼挣得太紧，锁链早就解开了。"好兄弟，我需要你再后退一点点，我们很快就能把那家伙给制服的。来吧，小狼，你做得很好！"吉姆笑眯眯地对小狼说。这时，保罗也意识到情况不妙，要是狼被解了锁链，那他真是吃不了兜着走，于是撒腿跑走了。

　　这事以后，小狼和吉姆的关系比以前更亲密了。但是每天，小狼除了接受这孩子的爱，还得接受到它这里撒酒疯的顾客的折磨和他们故意牵来招惹它的狗的挑战。当然，在这期间，小狼经过长时间的磨炼，以及随着它的成长，与生俱来的那种威力已渐渐显现。

实验·抗议

　　那时候温尼伯湖周围的狼的数量与日俱增，并且大量偷袭附近农场主的家畜，大家为此抱怨不停。虽然投放毒饵、设置圈套等各样的方法都试过了，但伤脑筋的是，效果都不怎么好。这时候，一个自称是猎狼专家的德国游客来到了温尼伯湖的俱乐部。他说，最好的办法是找几只称职的猎狗，让狗来对付那些嚣张的狼。人们对这个意见还蛮有兴趣的，特别是喜欢打猎的牛仔们，他们认为：就只是养几只狗，这也太简单了。而且带着狗去打猎是他们最快乐的时刻，如果这样真能轻松容易地消灭让人头痛的狼，那可真是一举两得呀。所以大家都拍手叫好。

　　没过多久德国人就牵来了两只凶悍的丹麦猎狗，说品种是罕见难得的。一只是白色的，另一只是黄色带黑斑纹的，但是在眼角处有一大块显眼的白色，和可怕而苍白的眼神结合在一起，面貌显得更加狰狞。这两只狗非常大，体重差不多有九十公斤，感觉它们就是没有人的帮助，也能单挑一只老虎了。德国专家告诉牛仔，不管多大的狼，在这两只狗眼里都如踩蚂蚁一样容易对付。人们都相信了德国人的话，跃跃欲试。

　　德国人还特意把这两只特别的狗捕狼的绝技描述给大家听："这两只狗只要闻过要捕的狼的气味，即便是在前一天也没关系，它们一样能嗅得出来，而且不会有一丝差错。不管那只狼怎样隐藏，也不管它走多远，这两只猎狗都能把它找出来，然后逼近目标。要是目标转弯想溜的话，那只黄色的凶狗就会冲上去按住它的腰，把它像这样抛到空中去……"说着，德国人就把一块面包抛到了空中，"接着，在狼还没有着地之前，白色这只就会冲上去咬住它的头，黄色的也同时咬住它的狼尾巴，最后像这样把它撕成两半。"说完，德国人便把那块面包掰开，掏出里面的火腿肠，然后送进了嘴里。

他的话听上去真的不错，在场的每个人都希望把它付诸实践。于是大家就商量着带着大猎狗，往阿西尼伯恩方向寻找狼的足迹。可一大队人到那里搜索了三天三夜，连狼影子都没有找到，正在说要放弃的话时，突然有人想到酒店里有只狼：要是付给酒店老板一笔钱，买下那只小狼，这两只狗不就有了试身手的对象了吗？

当酒店老板知道这事的原委后，立即把狼的身价提得很高。他说："我好不容易才养大它，要是就这么结束了它的性命，我还真有些舍不得。毕竟这一年多的相处，还是有些感情的。"酒店老板说的也有一半是老实话，但当他看到买方愿意出很高的价钱时，所有的顾虑都打消了，满口答应了这笔交易。接下来，酒店老板就把脑筋花在要用什么办法把儿子吉姆打发开，以防他碍事上了。

小孩子果真容易上当，酒店老板只对吉姆说姥姥想念他了，他就高高兴兴地收拾包裹去看望老人家了。然后，酒店老板就把狼赶进了预先准备好的木箱里，盖上盖子，又用钉子钉牢实了。最后他就把箱子抬上马车，从水路将它运送到温尼伯湖大牧场。

在牧场里待得腻歪的猎狗一闻到狼的味道，就狂躁起来，想要立即展开猎杀行动，人们想要阻止都有些困难了。还好镇上有几位年轻力壮的牛仔齐力拉住拴狗的皮带，才制止了它们的"战斗"。后来，他们将装狼的箱子拉到离猎狗有一公里的地方，又费了很大的力气，才把小狼从箱子里赶出来。

刚出箱子的小狼看到这个陌生的地方，有些害怕，心中的各种疑惑激起了强烈的焦虑情绪。它努力逃避有意过来触怒它的人，只顾着找隐蔽的地方躲闪，胆怯让它失去了要去咬谁的力量。可是当它发现自己被完全释放，身上的锁链被人收捡了起来，人们都在旁边不停地加以催赶和吆喝，所有的迹象似乎真的表明是要给它自由一样。于是，它怀着难以置信的心情，一股脑往起伏不平的南山跑去。这时候，人们就解开了两只大猎狗的皮带。它们像触电一般狂暴地咆哮着，跃身追赶前面的小狼。人们就像在看场好戏一样，大声地呐喊、吹口哨，或跑或立，或骑马跟在后面。

人们早就知道小狼是不可能跑过这两只大猎狗的，而事实的确是这样。两只猎狗跑得相当快，特别是那只白狗，速度比一般猎狗快两倍，很快就逼近了可怜的小狼。那个德国专家看到这情形，高涨的情绪异乎寻常，就像刚从疯人院里跑出来的病人一般在那里又跳又嚷。

这时候，人们已开始赌哪只狗会赢了——因为没有谁认为小狼会战胜这两只大狗。小狼这时还在往前飞速逃命，但白狗已离它不到一千六百米了，很快就超过并拦住了它。

"注意了各位！狼就要被抛到空中去了。"那个德国人这时大声喊道。

刹那间，狗和狼扭打在了一起，几秒后又突然分开了，然而小狼没有被抛到空中，反而是那只大白狗的肩部被咬伤了。它聪明地绕开了战斗圈，跑到一边痛苦地翻滚着。因为伤口太深，血一直在流，它已失去了战斗力，宣布退出。

又是十秒钟过去，那只大黄狗追了上来，它咧开牙，露出一副誓要置敌人于死地的凶恶模样，猛地向小狼扑去。这场比试和刚才一样，甚至比刚才还快就分出了胜负。很奇怪，这两只大得可比巨兽的猎狗，却好像连小狼的毛发也没碰到，就退到一旁去了。人们看到退开的黄狗和白狗都在原地打转，身上的血不停地淌着。但是，在人们不断怂恿下，大黄狗又向小狼发起了进攻，但结果是腰部受了重伤，摇晃着退了回来，从此再不敢接近小狼。

这时候，牧场的农夫又放开四条备战的大猎狗，同时还拿着棍棒和套索向小狼围拢过去，试图帮助猎狗解决掉这只狼。恰在这时，一个小男孩骑着小白马冲到了这片草原上，他正是酒店老板的儿子吉姆——小狼唯一的朋友。

吉姆跳下马，挤进人群中央，跑到小狼的身边，无限爱怜地弯下身抱住它的脖子，喃喃低语："可怜的家伙！我的狼兄弟，我的宝贝，你受委屈了！"然后他满含怒气地对着围观的人大骂起来，甚至他的父亲也受到指责。小狼在吉姆胳膊的环绕下，伸出头来舔了舔他的脸，又摇摇尾巴，好像在说："小主人，你终于来了。谢谢你来救我。"

这时的吉姆已泪流满面，但嘴里还是骂骂咧咧个不停。他已经九岁了，他的怪脾气在整个镇上是出了名的，论打架咒骂自然没人是他的对手。还有就是，不管他骂得多难听，诅咒得多可怕，但毕竟只是个小孩子说的话呀，所以大人们谁也没有跟他理论，也没人跟他发脾气，只是以大声地笑来掩饰自己的难堪。最后，他们不约而同地嘲笑那个德国人："说什么你的狗很厉害，竟连一只人喂养的小狼都对付不了，反而弄得不成样子，也太不中用了吧！"

吉姆把他沾满泪水和泥土的脏手插进口袋里，从里面掏出了玻璃球、口香糖、火柴、玩具枪、子弹、打鸟弓等一大堆东西，然后挑了一条不久前从杂货店偷来的麻绳，系在狼的脖子上。他继续呜咽着，爬上马背，牵着小狼往家走去。走了两步，他又回过头来，带着满腔愤怒，诅咒德国人道："喂，德国佬！你这大坏蛋！我的狼今天没来咬你，算是你的运气！但你要是还有下次，就别怪它来收你小命了！"

伤寒·天煞星

冬天到了，身体一向不错的吉姆不知道怎么就染上了伤寒，头痛、发烧、咳嗽，不久就连床也起不来了。小狼很久也没有见到心爱的朋友了，所以总在院子里发出悲痛的嗥叫。可能小男孩也想念小狼了，他在屋里听到狼伤心的叫声，心里不忍，便吵着一定要父亲允许狼进自己的房里，跟他做伴。父亲拗不过孩子，只好同意了。狼这种动物可以说是野生的狗，现在这只"野狗"也跟家狗一样忠实，片刻不离地守护在吉姆的床边。

本来，吉姆的病并不太重，就像平常人的感冒一样，可不知道为什么，病情突然恶化起来，连镇上的名医都毫无办法。在离圣诞节还有三天时，他死了。在所有的哀悼者中，就数他的狼兄弟最伤心了。吉姆的遗体被运到圣·博尼费斯公墓。跟在送殡队伍后面的狼，随着教堂钟声的响起，竟一路发出痛苦的嗥叫声。安葬仪式后，狼也回到了酒店的后院。但是，当酒店老板正想用铁链把它拴住时，它突然跳过木栅栏，消失了。这次走后，它就再也没有回来。

在这年的冬天，老雷诺和他美丽的混血女儿尼内特搬到了圣·博尼费斯河畔的旧木屋里。因为他知道在冬天，在这片白雪皑皑的森林里设置陷阱捕猎是最棒的。但是他们对小吉姆和小狼兄弟的故事却一无所知。在雪地上，他时常发现这带有狼的脚印，狩猎经验丰富的雷诺对此很感兴趣，同时还听到附近镇上常有人在传一只大灰狼的故事。说这附近常有一只大灰狼出没，到了晚上，它还会蹿进镇里，和这个小镇保持着某种亲密的联系。

第二年的圣诞节前夕，当教堂的钟声又响起时，和吉姆出殡那天一样的情形出现了——从遥远的森林那边，传来了一阵狼的悲切嗥声。这时雷诺确信那个故事是真的了，因为他能够听出狼遇到危险时发出的求救叫唤、发情期缠绵的求爱情歌，也听得出两军对垒的怒吼声，但这些都不是。雷诺听到的是一种很孤寂、很悲伤的哀号。镇上的人开始议论纷纷："一只比过去从酒店里跑出的那只小狼还要大三倍的灰狼来到附近，并对这个小镇发出警告——它是来这里挑战的！"

这只狼令全镇的狗都闻风丧胆，因为它只要一有机会，就会咬死它们。它简直就是专门来毁灭狗族的天煞星。它就是我们在那年冬天，路过森林时看到的那只温尼伯湖狼。当时，我看到好多好多的狗包围着它，当时的情况对它相当不利，真害怕它会抵不住它们的攻击，还曾兴起下车帮助它的念头。但后来的事实证明，我是多虑了。虽然我不太清楚当时那场战斗是怎样结束的，但我知道后来人们又见过它好几次，而那些曾经包围它、攻击它的狗，却有好几只再也没有出现过。

温尼伯湖狼是狼族中一个很奇特的个体，它的生活完全跟其他的狼不一样。它放弃森林和草原，每天游荡在人口稠密的镇上，过着危险的战斗生活——每天都有惊险的事发生，每时每刻都把自己搅进突围、逃跑、躲避的漩涡中。它似乎憎恶人类，蔑视所有的狗，所以只要看到狗，就把它们追得走投无路。如果狗的数目不多或者只有一只，它就会毫不留情地取走狗的性命。它时常干的事还有攻击晚上在街头巷尾摇摇晃晃的醉汉，不过看到带枪的人，它会立刻躲起来。它知道枪弹的厉害，也认得出下毒的饵——到底它是用什么方法辨认出的呢？谁也不清楚。只是有人见过它好几次从毒饵的旁边经过，都装作没看见的样子，有时甚至还在毒饵上面大便呢！

这只狼熟悉温尼伯湖小镇的每一条街、每一个巷子。镇上的警察常常看到它敏捷而模糊的、魔鬼般的身影飞速掠过黎明的街道。在温尼伯湖小镇长大的狗，无论哪一只，只要闻出这只狼躲在附近，都会畏缩得发起抖来。它经过无数次生死决斗，全世界的人畜都成了它的敌人，谁都能惹它发怒。可是，在有关它所有的嗜杀故事中，虚虚实实、耸人听闻、惊险怪异，却发现还有一个令人感动的地方——这一只恶魔般的狼，从来没有谁听说它伤害过小孩。

拯救·复仇

雷诺的女儿尼内特十六岁了，生得漂亮，长得和她印第安血统的母亲一样美丽动人，大大的亮眼睛和她生活在诺曼底的父亲雷诺一样炯炯有神。在同龄女生中，她真的算是个小美女。以她的天资，足可以攀上这个村里最富有的年轻人，但她天生任性，非要把心交给那个以脸蛋哄骗女孩的懒家伙——保罗·德·罗切斯，也就是残忍地灭了温尼伯湖狼一家八口的那个坏蛋。他吸引女孩子的本领除了脸蛋外，还有一把小提琴。每到宴会时，他就会被邀请展示他这唯一的才能。可惜的是，他是个酒品极差的混蛋，而且据知情人透露，他在加拿大南方的乡下是有妻子的。所以当他上门提亲时，雷诺婉言拒绝了。但这对于这个极不要脸的家伙来说，是根本伤不了皮毛的。他用了花言巧语、虚无缥缈的各种承诺，很快就赢得了美丽而单纯的尼内特的芳心。尼内特从小就是个乖巧懂事并很听长辈话的女生，可是在这事上就像中了魔一般，宁愿和父亲断绝关系，也要和那小混混在一起。雷诺一气之下，去到保罗的住处严厉地威胁和警告他，让他明天必须离开这里，远离自己善良的女儿。可狡猾的保罗这边答应着女孩的父亲，另外一边却找尼内特到河对岸约会，商量私奔的事。

偷跑出来见心上人，这对尼内特来说还算容易，因为她是个虔诚的天主教徒，从冰上去教堂比从桥上过去要近一些，所以可以借这个理由路过保罗说的那片树林。这天，尼内特赴约时，发现一只大灰狗总跟在后面，不过看样子这是一条不会伤害人的好狗，所以她并没有觉得害怕。可是，当她来到目的地，看到保罗的同时，却也看到那只大灰狗走向保罗，然后从胸膛里发出咕噜噜的怪声。保罗认得它——就是他把它卖给酒店老板的，于是他吓得丢下尼内特一溜烟地跑掉了。后来，尼内特笑话他的胆子太小，他却谎称自己是去拿枪保护她。事实是他真的是个胆小鬼，或许他还很健忘，因为他居然爬到一棵树上去找枪，难不成在某天前他正巧放了一支枪在树上？遇上这事，尼内特倒显得沉稳、勇敢得多。她忙从冰上跑回家，请求保罗的朋友过来帮忙。那只大灰狼也在这时候离开了那棵树。很显然，它并不想伤害尼内特和其他孩子，出来露露脸只不过是想吓唬吓唬那个混蛋而已。

保罗和尼内特私奔的计划打算在他从亚历山大港送货回来，挣得二十美元的路费后就付诸行动。这次去送货是他现在做临工的公司派的任务，公司老板让他乘坐由三只个头很大的卷毛爱斯基摩犬拉着的雪橇走冰路过去。

那天早上，保罗喝了五六杯威士忌酒，吹着口哨出发了。因为乘雪橇是他很喜欢干的事，通常他会狠狠地把长长的皮鞭甩在狗身上，然后感受爆发力很强的狗被疼痛驱使后拼命奔跑的乐趣。这也足以证明这家伙内心的无情和残忍。不过，苍天有眼，从此以后，就再也没有谁见到过保罗了。

那天夜里，三只爱斯基摩犬回来了。但是雪橇和货物没有了，它们身上还沾满了已经凝结的血块，而且到处都是被鞭打的伤痕。大家只是奇怪为什么它们都不叫饿，毕竟跑这么远的路，要消耗大量的能量，就需要食物来补充体力的呀。

后来，人们随狗的脚印追踪下去，在离河大约两公里的地方找到了散落的货物，又在距货物不远处发现了一些衣服的碎片。那是从保罗身上撕扯下来的布块。大家一致认为，三只狗把它们的驾驶员杀害了，并且把他当晚餐给分了。可这又是为什么呢？狗的主人很不能理解，他训练这三只狗已有很长的日子了，可从来没有发生过这样的惨事。

于是大家继续查下去，希望能更清楚地知道发生了什么。在距离保罗出事地点不远处，也就是河东到河西的堤坝间，人们找到了狼的脚印。狗的主人和对野生动物非常了解的雷诺又跟着这些脚印走了一公里多的路，他们一边走一边研究狼是怎么走的，最后得出的结论是：一条大狼冲着雪橇而来，它在很早的时候就盯上了雪橇并一直跟在后面。

接着，在基度南森林上游约三公里的地方，他们又发现甩掉的货物的痕迹，那里就是货物绷带断开的地方。大概是保罗想抛下货物减轻重量，好让雪橇能够更快速地逃离，因此，雪地上才散落了很多东西。但好像狼紧紧跟着一身酒气的保罗不放；保罗在无奈之下，跳上了雪橇，开始狠狠地鞭打狗前进。从狗身上那些重重的伤痕和雪地上留下的血痕，可以看出保罗挥下的鞭子有多狠毒！看到这里，狗的主人流下了眼泪："太狠了，估计也只有他才下得了这样的手！我可怜的狗呀，你们受罪了！"

他们继续寻找着能表明事情真相的证据。突然，他们在雪地上发现一把防身用的刀，这是保罗掉下的。看样子，在这里他和狼有过一次搏斗，不小心将武器掉落了。可是，从这里开始，雪橇乃然继续向前奔行，而狼的脚印却不见了。"一定是狼跳上了雪橇。"雷诺分析道，"狗因为害怕而奋力前进，但它们不知道所拉的雪橇上正在进行一场生死决斗。不过人哪里是狼的对手，搏斗结束得很快，保罗和狼一起从雪橇上滚落了下来。"

不远处，狼的脚印又出现了，是沿着河岸向东边森林去的；而雪橇却往西边的河堤转去，大约向前八百米以后，绊到树桩上，翻了车，轮子飞得很远，雪橇彻底报废了。可怜的爱斯基摩犬趁机咬断了套在身上的绳子，然后从不同的路径向家的方向跑去，因为很累很饿，也由于对保罗几个钟头前对它们所施的暴行恨之入骨，于是它们聚到出事地点，把"暴君"分来吃了。不过，这几只狗的确也够坏的，人们差点儿以为"清理战场"的是那只狼呢。

至于那只狼，一定是来复仇的温尼伯湖狼，谁让保罗曾在它还是很小很小的时候，就毁掉了它本应有的家庭温暖和幸福。雷诺叹了口气，如释重负地说："我还真应该感谢那只狼，要不是它，我的女儿说什么也不会离开那混蛋的！我敢相信，它是孩子的保护神！"

圣诞节·祭

　　保罗的死令镇上的人们惶惶不安，议论纷纷。他们总觉得温尼伯湖的那只狼会在下次雪地运输中伤害其他人，甚至在某个晚上袭击哪家的农舍也说不定。总之，全镇的人联名发起追捕猎杀狼的行动。行动那天，正好是圣诞节，也就是小吉姆过世两周年纪念日。人们将镇里所有的狗都集中在了一块，包括那三只爱斯基摩犬，还有丹麦狗、牧羊犬和来自镇子各个不同角落的看门狗、流浪狗、杂种狗。不管它们的出生、等级，也不管它们有名字还是没名字，都背负着追捕温尼伯湖大灰狼的重任。

　　早上他们分头搜寻，去圣·博尼费斯东部森林的人一个上午都没有找到线索。后来，他们接到电话，说在西边阿西尼恩森林里，有人见到了温尼伯湖狼的足迹。一小时后，一队捕猎者带着他们的狗，浩浩荡荡地开向了那里。因为得到的消息很确切，所以很想征服那只大灰狼的人们，兴奋得近乎是呐喊着追过去的。打头的是一大群狗，后面是骑马的猎人和穿着各种式样衣服的农夫，再后面是一群步行的男人和小孩。

　　温尼伯湖狼根本不把那些狗放在眼里，但是它知道猎人手上有危险而可怕的武器——枪！它朝着森林的隐蔽处跑去，但是骑马的猎人已绕小路拦住了它，它不得不折回再寻新路。猎狗这时已追了上来，它一边沿着克里克洼地跑，一边躲闪着"嗖——嗖——嗖"射过来的子弹，不一会儿就穿过铁丝网，暂时摆脱了骑马人和枪弹的纠缠。可这时它还得躲避那些讨厌的狗，因为狗群越来越近了，差不多有四五十只，它得面对空前的战斗。但是从它的眼神和稳健的身姿来看，它很勇敢，没有丝毫畏惧之意。瞬间，狗群已包围了它，但因为平时对温尼伯湖狼的害怕，没有一只敢靠近它。有一只瘦瘦的猎狗，对自己的脚力很自信，跟着狼小跑了几步，但它没有料到温尼伯湖狼有的是对付它的本事——从旁边展开攻击，把它狠狠地抛起来，它当场就坠地身亡了。

这时，骑马的猎人已经跟上了，但是他们看到狼和狗混在一起，无法接近它。还好，这时候他们已把温尼伯湖狼逼到了离镇子很近的地方，这里会有更多的人和狗赶来参战。

狼转身往屠宰场跑去，这是它从前常去的地方。射击停止了，因为这里的人和牲畜越来越多，要是开枪多半会有无辜者受伤的。这时候，温尼伯湖狼已基本没有路，狗的包围足以阻碍它的前进。它抬起前腿，立起身子，看到它常来喝水的水沟上的那座木桥，准备冲上去。因为那里只能让有限的人通过，可以削弱人类的力量。可是镇上的人觉察到了它的动机，几个男人拿来斧子将桥毁掉了。

哎，温尼伯湖狼太强大了，以至于有太多的人想要它的命。事到如今，它自己也清楚要逃脱是没有多大希望的了。而在它死之前，只渴望能够轰轰烈烈地战斗到底。这是第一次，也是最后一次，在明艳而温暖的日光照耀下，在光明之神的守护下，出色的温尼伯湖狼出现在它的敌人面前。

最后一战·爱

三年来，温尼伯湖狼过着孤独与战斗的矛盾生活，这是一段很长很长的艰苦岁月。现在，它要以一敌几百——其中包括四五十只狂吠不停的狗和一两百个带枪的猎人。孤军奋战并不可怕，它还跟以前一样，很勇敢地抵抗着。它的嘴唇往上微翘，露出锐利的牙齿，结实浑厚的腹部微微抽动着，脖子上那圈美丽的毛像雄狮的鬃毛一般向四周挺立着，黄绿色的眼睛散发出炯炯光芒。这完全和那年冬天我在列车上第一次看到它时一样：临危不惧，毅然地面对将要发生的一切。

仗势欺人的狗开始向它逼近，带头的并不是三只爱斯基摩犬中的任何一只——显然它们对这位狼英雄太了解了——而是镇长的一只虎头犬，后面还跟着好多好多的其他各色狗。它们开始进攻，很快交战起来，撕咬声响成一片，两军混在了一起，谁也分不出哪是狼、哪是狗。半分钟不到，狗叫声停了下来，只听见低沉的呻吟。只见从红的、灰的、黄的、白的狗的喉咙中喷射出一道道血雾；不管是大的、小的，长的、短的，还是胖的、瘦的，一只只都四脚朝天行了一圈大礼，然后再也爬不起来了。而温尼伯湖狼却依然坚定地站在原地，一如以前的冷酷、稳重和老成。狗群发起一次次的进攻，但都以失败告终。第一个倒下的就是那只自以为是的领头狗——虎头犬，而后来的狗看到倒下的同伙，步伐开始谨慎，显得越发胆怯犹豫了。温尼伯湖狼呢，它的嘴巴已被狗血涂抹成了红色。"啪"的一声，它等不及狗的再次进攻，猛地跳离了狗群，在外围伫立不动，像是一位谁也打不倒的战神，展示出勇猛、凶狠的架势。

这时候，在一旁静候时机的猎人们，不得不举枪射击。"砰——砰砰——"枪声响彻了整个大地，温尼伯湖狼终于倒在雪地上，结束了它战斗的一生。在它离开酒店的那些日子里，它总是喜欢做什么就做什么，过着任性又无拘无束的生活。其实它本可以选择比这更好的生活，远离这种不安定的逃与战交替的日子，选择让自己的生命延续下去。可是，它却偏偏选择了这短暂而危机四伏的生命旅程。也许它本就喜欢这样的生活方式，喜欢走这不寻常的道路，所以才有足够的勇气坚定不移地走下去。就如它选择了一大口喝光生命的酒，并且潇洒地打碎酒杯——但是在它死了以后，它的名字却永远为人传诵。

谁能洞悉温尼伯湖狼的智慧？谁能透析其中的动力所在？又有谁能懂得为什么它会坚持生活在一个充满无尽磨难的地方？说实在的，谁也不能断定，它是否知道还有别的更好的地方。大地一望无际，充饥果腹的食物到处都是，它为什么会眷恋人类居住的繁华城镇呢？有人说它是为了报仇。我想不是这样，因为任何动物都不会为了报仇而轻易拿生命当赌注的，即使自认智慧非凡的人类，也找不出几个有这种不正常的想法的。野生动物所追求的，只是能够平安度日罢了。

我认为，真正使温尼伯湖狼对这座城镇念念不忘的是万物与生俱来就拥有的一股最强大的力量——爱，对小男孩——它的朋友吉姆的爱！它如一条强而有力的锁链将温尼伯湖狼拉扯住。

温尼伯湖狼死后，它的尸体被做成标本，留存在镇上的语文学校里。后来一场大火，将有关它的一切化成了灰。可直到今天，温尼伯湖教堂的打钟人，还常常对人说："每当圣诞节钟声响起的时候，距离墓地百步之遥的茂密森林里，总会传来不可思议的狼嗥声，声音充满忧郁和悲痛。因为那墓地里，躺着这世界上唯一深爱温尼伯湖狼，也为狼所深爱的少年吉姆。"

巫 力

——白天和夜里完全不一样的小黄狗

巫力是一只小黄狗，但这并不表示它是某只大黄狗的儿子，说确切点，它是一条集各种狗的特点于一身的杂种狗。所以，你叫不出它的品种，谁也不能正确地区分它。虽然这样，它却比世上任何一类狗更优秀和特别，因为大自然在它出生时就给它留下了狗的祖先所特有的血气。也就是说，它是一条古老的狗，因为它身上隐藏着狼的古老血脉。而某种狼的学名canis aureus（金豺）就可以解释为"黄色的狗"。这种黄色的杂种狗虽然出身低微，但它机敏、灵动、耐力强、善攻击，最接近于它们在自然界的狼祖宗，也是最善于应付生活中种种磨难的高手。

　　如果我们选它，再选出一只灰色的贵族犬和一只凶猛的叭喇狗，把它们同时丢在一座荒山上，半年以后，能够幸运地存活下来的是谁呢？答案很显然，理当是这只黄色的杂种狗。它虽然没有贵族犬的速度，却没有得任何肺病或皮肤病的隐患；它虽然没有叭喇狗的力气和凶猛，却有比这强万倍的东西——灵性。要知道健康和智慧是一切生物生存的关键条件，若狗的世界不受人类支配，估计这种黄狗就能脱颖而出，成为它们的领导者或者是激战后的唯一幸存者。

　　值得注意的是，这种黄狗狡诈、勇猛，会像狼一样咬人。它骨子里有种奇特的野性，虽然平时看来品性良好，随时竖着尖尖的耳朵，为人守院看门，使人爱怜，但还是得提防它，指不定哪一天它身上狼的本性占了上风，那它就成了无可救药的背叛者。特别是那些在童年曾经身处逆境或者遭受过折磨者，在成年后极有可能暴露出它另外的一面。

小狗心中有位神般的老罗

巫力小的时候在很远的切维厄特生活。和它一起出生的那一窝小狗大都被主人送走了，只留下了它和另外一只小狗。主人说，这两兄弟的模样很出众，说不定将来会有出色的表现。那时的巫力长得的确俊秀可人，所以主人对它钟爱有加。

小时候的巫力跟在一只经验丰富的牧羊犬身后学本领，要是论智谋，或许那只"老羊倌"还比不过它呢。出生两年后，巫力已出落成一只英俊的大狗了，开始接受管理羊群的系统训练。羊圈里的每一头公羊的情况，它都了如指掌。它的主人老罗对它非常信赖，因而时常抛下它到酒馆里去寻找"理想的境界"。巫力虽然聪明，但怎么也学不会蔑视它的糊涂主人，因为主人虽然长年过着枯燥乏味的生活，却不是那种以虐待小动物为乐的人，所以巫力以对主人极端的崇拜来感激他。

巫力想象不出世上还有谁比自己的主人更强大。而实情是，老罗的力气和智慧，都以五先令一周的价格卖给这些羊的真正主人——一个贩卖牛羊的商人了。而这位商人又远不如周边乡绅那么财大气粗。

有一次，这位商人要求老罗分批地把羊儿赶到约克郡的山野地，然后让羊儿吃饱喝足以后才赶到市场上去。而对这一次行动，巫力是最感兴趣的。在到诺森伯兰之前的一段路是平安的；到达泰恩河赶羊上渡船时，羊是出乎意料地没惹麻烦。不久后，它们来到了南希尔兹港。那里的工厂云集，到处可以见到吞云吐雾的烟囱，机械发出的隆隆巨响像群被震怒的野兽，在港口不停地吼叫。当走到港口小镇时，黑烟已涂满了整个天空，低旋在街道的每个角落，像在酝酿一场暴风雨。胆小的羊见的绿山青水倒是很多，这样的环境还是第一次见识，它们以为遇到了能腾云驾雾的妖怪，都惊慌失措。它们全然不顾牧羊犬和羊倌老罗，纷乱地朝城里三百七十四个不同的方向逃散。这可把老罗急坏了，他目瞪口呆半分钟之后，才缓过神来对巫力下令道："去，快把它们都找回来。"说完，他便点上烟斗，坐下来等待助手巫力。

对小黄狗巫力来说，老罗的命令就是最高指令。它立马朝三百七十四个不同的方向追去，经过几番转弯变道，终于拦住了四散在街道上的三百七十四只羊，把它们一只只赶了回来，并示意老罗任务完成了。老罗坐在港口看完巫力赶羊的全过程，十分木讷地站起来，他已对巫力惊人的表现见怪不怪，瞧也不瞧它一眼，便数起羊来：一、二……三百七十一、三百七十二、三百七十三。

"巫力！"他转身对小黄狗吼道，"怎么搞的，不够数！还差一只！"巫力听了十分难受，忙转身撒腿去寻那一只丢矢的羊。可它走遍了整个小镇，搜寻了每个角落，都没有见到那一只羊。在它离开后不久，一位好事的小男孩对老罗说："先生，你的狗很了不起。三百七十四只羊全都在这儿，并没有少哦。"这下老罗为难了。他的任务是尽快把羊赶到约克郡，但他相当清楚巫力的个性，要是找不回那只羊，骄傲的它绝不会回来，就算随便在哪里找一只来充数也干得出的。这样的事，以前并不是没有过，而且还时常给老罗带来尴尬的纠纷。这可怎么取舍呢？选择一只狗还是选择每周五先令的薪酬呢？老罗掂量着，他知道巫力是只优秀的狗，失去它怪可惜的。但是巫力这次又会给他招来麻烦，在这人生地不熟的地方……于是，他决定甩开巫力，独自赶羊上路了。老罗后来的故事，就很少有人知道，也没人在乎了。

让我们把焦点对准正在大街小巷着急地寻找小羊的巫力。天色暗了下来，一整天就这样在奔跑和寻找中消耗掉了，它饿了，筋疲力尽了。

当它垂头丧气地走回港口时，发现主人和羊群全不见了。巫力伤心得直叫唤，可没人理它。它呜咽着到处寻找，从渡船的这头跑到那头，又让渡船载着到了对岸，可是都无济于事。然后它又回到南希尔兹港口，整夜不休地寻找，第二天还继续找，拼命地找。它在渡船上踱来踱去，对路过的人都要紧贴着闻了又闻，瞧了又瞧。到了晚上，它还有意去周边的小酒馆找了数十回，到了白天，又开始对乘渡船的人嗅个不停。

渡船每天往返五十回，每回都会乘一百来人。巫力就这样日复一日、不停不休地对跨过跳板的每一双脚进行"严格搜查"。有一天，它竟然用自己的方法连续不断地检查了一万条腿，连饭都忘了吃。一个星期以后，饥肠辘辘和忧虑烦躁找上了它，它的健康也每况愈下。再后来，它的身体瘦削得几乎成了皮包骨，脾气暴躁得几乎见人就大叫，港口的人都不敢惹它。要是谁敢对它"嗅腿"的工作有半点妨碍，那就等于是自找祸端。

几周以后，巫力的主人还是没有出现。在渡船上工作的人渐渐地被它的忠诚打动，不时地给它提供食物和暖窝。开始巫力对此嗤之以鼻，结果差点儿给饿死。后来它接受了人们的施舍，并学会低头摇尾。它开始忍受这一切，同时开始憎恨这个世界，只是对它的主人还依然保持真诚和崇拜，渴望哪一天能与他相聚。

十四个月后，我与巫力相识了。可能是周围的人对它特别好，它身上已看不出疲惫和饥渴，壮实俊美的身姿和颈上雪白的绒毛把它的聪明乖巧映衬了出来，一对尖而挺的耳朵更是诱人，让人忍不住想弯腰施以爱抚。它仍旧执拗地驻守着岗位，它高傲依旧，如果发觉所嗅的腿不是它要找的，就再也不会抬眼看那腿的主人。我用了十个月的时间和精力，试着讨好它，可它最多只专注地守望我一两眼作为回报，然后就把我视同其他任何一个陌生人，根本没法赢得它的信赖。

两年过去了，港口渡船旁仍能见到忠心的巫力寻找主人的身影。有人会问，它为什么不回到家乡去看看主人是否在家等它呢？是否是因为路太远太复杂，离开家乡的时间也太长，巫力早已记不起回家的路，要是迷路连这里也找不回就糟糕了。而实际不是这样，凭巫力的聪明才智，回家根本不在话下，是它的固执驱使它留在这里找老罗。它深信老罗不会抛下它，还在渡口的某处，说不定他也在这样找它呢。

它来来回回地渡着河，而一只狗渡一次河的费用是一便士，这样算下来，他已欠渡船公司几百英镑了；再加上它嗅过的裤管，数目一定不下六百万条。纵然这一切都是徒劳，但它的忠贞从没有动摇过，只是长期的紧张和疲劳，让它的脾气变得乖巧多了。

有一天，一位健壮的赶畜人阔步迈上船来。正在检查每个陌生人的巫力忽然一惊，颈毛猛地倒竖，浑身战栗，发出低低的吠声，它把全部的注意力集中在了这个陌生人身上。一位船工误以为巫力会攻击这个陌生人，忙提醒道："喂，快离开，别惹这狗。"

"谁惹它了，只怕是它来惹我吧？"那人回了一句嘴。话音刚落，只见巫力摇着尾巴讨好地向这陌生人追来。

事情很简单：这个生人叫多利。他是老罗的朋友，他手上戴的手套和脖上围的羊毛围巾都是老罗送的，这样的装扮老罗也常有。巫力嗅出那赶畜人身上有它曾经的主人的气味，同时两年来，再回到从前主人怀抱的希望几乎已破灭，于是它决定放弃渡口的岗位，明确表示愿意跟从这位新主人。多利见过这只小黄狗，知道它很聪明，高兴地接受了。他把巫力带回了德比郡群山围绕的家，让巫力重新拾起羊倌的旧业。

蒙萨代尔来了位护羊天使

蒙萨代尔是德比郡最著名的山谷之一，这里开了一家叫作"山猪口哨"的小酒馆，附近的人都喜欢到酒馆谈天说地，消磨时间。店主乔·格雷托莱克斯是约克郡人，他理想的职业是当个拓荒者，然而为了生计，他不得不成为酒店老板。但怪念头时不时地会来侵袭他聪明的头脑，特别是有关偷猎的事。

巫力的新家就在这家酒馆的上方，他的新主人多利在这里种了一小块地，在沼泽地养了一群羊。巫力的职责就是起早贪黑地看管这群羊，不能让它们有半点闪失。而结果也正是这样。尽管周边的人家都在抱怨鹰和狐狸太狡狯，每年会损失大量的牲畜，而在巫力的守护下，多利没有一点儿损失。虽然巫力这只小黄狗在尽忠上做得十分完好，但与其他狗相比，性格上就明显不一样了。它不但傲慢、冷漠，还时常显得心事重重，附近的人都不敢惹它，稍有不慎就会招来它的龇牙咧嘴。

在约克郡的谷地，到处是岩石洞穴、悬崖峭壁，想骑马猎狐的人对这样的山路特别苦恼；再加上这里的岩石缝穴到处都是可供狐狸藏身的地方，因而说这里没有狐狸泛滥真是件稀奇事，但事实是这里确实没有。但是到一八八一年以后，人们发现一只相当狡猾的红毛老狐狸出现在这里，就像一只钻进了奶酪世界的老鼠，嘲笑所有猎狐者和他们的狗。

有几次这只老狐狸倒是被一群匹克犬追赶得几乎走投无路，但经过魔鬼洞时，它又把大伙甩掉了。谁也摸不清这里的岩石裂缝会延伸到什么地方，所以只要蹿进去的动物多数可以顺利逃生。又有一次，据说一只大灰狗差一点儿就追上这只老狐狸了，可不知道它施了什么法术，竟然让大灰狗疯掉了。从那以后，人们就认为这只老狐狸有鬼神的支持，没人敢轻易动捉拿它的心了。

这样一来，它强取豪夺更加肆意了，偷袭更是它常干的勾当。不久以后，它就成了这一带嗜血成性的怪兽。最先遭难的是迪格比家，一个晚上就损失了十只羊羔。第二天，卡罗尔家又失去了七只羊。几天以后，牧师家的鸭塘宣告空空如也。从这以后，这一地区日夜不得安宁，鸡、鸭、牛、羊每天被杀害的数目都得以群计算。所有这一切，人人都归咎于住在魔鬼洞里的那只老狐狸。人们还传说它的体型非常大，爪印有多么奇特，但谁也没有真正地见过那只狐狸。就是这一带最有经验的猎人，也说不准它的模样。后来，还有人说，在追捕它的时候，有个猎人的两只最忠诚的狗桑德和贝尔，极不愿意嗅它的气味，连追踪爪印也不肯。

老狐狸的疯狂名声让附近的猎人不敢来这一带狩猎。在蒙萨代尔，以乔为首的打猎者，订好协议：只要一下雪，就联合全镇的人，就算是违反狩猎的全部规定，也要把那只老狐狸抓出来。但是天公不作美，雪一直没下，那只红毛老狐狸仍悠然自在地活在蒙萨代尔。它凶狠毒辣，破坏家畜圈毫不眨眼；它诡计多端，绝不会在连续两个晚上光顾同一家农舍，也不会在作案现场享用猎物，更不会留下暴露踪迹的爪印。要是人们顺着它嘴里猎物滴下的血迹寻找，通常到了草地或者公路上就再也找不到了。

我好像曾在斯泰德家的羊圈附近见过它一回。那是个风雨交加的夜晚，闪电雷鸣，我从贝克韦尔往蒙萨代尔走来，突然一幅令人惊愕的画面闪现在我眼前。离我二十米的地方，一只硕大无比的狐狸蹲在路边，恶狠狠地盯着我，不怀好意地咂着嘴。只是当时风雨挡住了我的视线，我以为是我眼花看错了，事情很快也就过去。但第二早上，我就听到那个羊圈的主人哭天叫地地向人诉说昨晚惨死了二十三只羊羔。这让我不得不相信所有的劣行都是那只老狐狸干的的事实。

但令大家最为不解的是，这么些日子，大家损失一天比一天惨重，而多利的生活却很正常。它是这个镇里唯一没有遭受狐狸偷袭的一家了。这是不可思议的，因为他就住在狐狸进攻的中心地带，离那个魔鬼洞不足两公里。多利说他家的黄狗巫力起了很大的作用。它是这一带狗中最厉害的、最顶用的狗。每天放完羊，它都会认真清点，自从它来后，羊的数量就从没见少过。他还说，那只老狐狸一定也想过来打扰它，只是它知道自己不是巫力的对手，所以放弃了。巫力，聪明、勇敢、机灵，保护主人的羊真是尽职尽责，让全镇的人对它充满敬意。只是它的脾气一天坏过一天，对外人很不随和，要不一定成了这一带人集体宠爱的对象。

巫力很喜欢多利的长女赫尔达。她是家里的小管家，掌管着全家大小的家务，包括喂养巫力。她的精明能干和对自己的细心照顾，巫力全都看在眼里，记在心上，所以对赫尔达的命令也是言听计从。当然，多利家的其他成员，巫力也不会敌视，但除开赫尔达家的人，其他谁来到它面前，它都以仇敌相待。

我最后一次见到它时，它那超乎寻常的怪脾气就已显露得淋漓尽致。那天我在多利屋后沼泽地的一条小路上走着，巫力当时卧在门槛旁。当我想要靠近它时，它立即站了起来，向我冲过来，在离我十米远的地方，它又停了下来，然后像一座雕像一样呆立在我面前。我看到这状况有些吃惊，便试着往前迈出了一两步，它仍然纹丝不动。于是，我当没事一样绕过它继续前进。巫力马上转过身，跑了几米后，又挡住了我的去路。有了前次的经验，我不再怕它，便大胆地从它面前绕过，踩进草丛。可没想到，它竟悄然无声地咬住了我的左脚。慌忙中，我用右脚去赶它，希望它能离开。它果真闪开了，但看样子还有进攻的趋势。我手上没有棍子，只好捡了块石头向它砸去，以示威胁。巫力见石头飞来，向前一跃，但后腿没能闪过，于是同石头一道滚进了水沟，并发出一阵野性的嗷叫。还好，从水沟爬出来的它没再向我进攻，可能是觉得我对它所护卫的多利家并没有伤害，饶过了我。要是换成别人，恐怕腿都会被它废了。

　　以冰冷、凶暴闻名全镇的巫力，为什么偏偏对多利的羊群关心备至、耐心有加呢？估计是因为曾经丢失羊而失去过主人，所以现在对多利给予的信任倍感珍惜吧。当地还流传着有关它营救羊的多种版本的故事。比如：它勇敢地救出不慎落水的或者掉进泥坑里的小羊羔；被野狼攻击时，它首先是去安抚惊吓得抽筋打滚的母羊，镇住羊群的骚乱和不安；它用那敏锐的眼、耳、鼻准确辨析出老鹰进攻的方位，让盘旋在天空中的鹰见到这只骁勇的黄狗望而生畏，不敢张爪袭击。

"鬼狐狸"的真相

  可怜的蒙萨代尔地区的农户，他们依旧每天夜里要向那只老狐狸"敬献"丰盛的夜宵。十二月末，大雪纷飞。寡妇盖尔特因为没有及时起身查看羊圈，第二天清早哭叫个不停。因为她辛辛苦苦养来过年的羊全被老狐狸糟蹋了，整圈羊哦，差不多有二十只。人们再也不能容忍这只老狐狸这样肆意地为非作歹了，为了除害，强壮的农夫再也不顾这里的禁猎规定，背着猎枪，决定对雪地上留下的大爪印进行跟踪。他们确信这些爪印就是那只老狐狸的，有很长一段路，痕迹非常清晰，但到了河边，老狐狸就开始向人们展现它的狡猾了。从爪印看，它先沿着一条狭长的小岔路口向下游到了水边，然后慢慢滑进浅而未被冻结住的冰水。不过让人不解的是，河的对岸怎么也找不到这野兽的出水爪印。农夫和猎人们在附近搜寻了数小时，才在距河上游四百米处发现它上岸的地方。大伙又跟着雪地上留下的印迹方向走，后来发现它蹿到了亨利家高大的石墙上，但是那里没有雪落下的痕迹，所以线索又中断了。不过，大伙已下定决心非要把凶手揪出并拿下不可，所以耐着性子继续搜索。后来大伙发现它的爪印穿过石墙后面洁白而平整的雪地，通向了公路。可这时，有经验的猎人和熟悉地形的当地农夫对老狐狸的去向有了分歧。这又一次说明这只狐狸的狡诈，并且相当了解人类的捕猎思维。大伙看到雪地上的爪印，就开始议论争执，有的说狐狸是向上走的，有的则认为是向下去的。十来分钟后，乔站出来制止了大家。也是，再这样闹下去，等太阳出来雪化了，什么印迹都消失了，今天的功夫就彻底白费。所以大家决定分头搜索，终于有人发现了好几处非常相似但方位完全不同的爪印。这时人们又开始猜测，是否还有一只更大的狐狸离开公路后进了羊栏，只是没有伤害羊，然后就给大伙制造出一大堆奇怪的爪印。后来，大伙又证实了，那只狐狸最后是踩着一位村民的足迹上了沼泽道，就是我上次散步遇到巫力的那条路，径直跑到了多利的牧场。

于是大伙都向多利的家走去。因为下雪，山上也难找到草，所以那天多利没有将羊拉出去游逛。巫力自然也闲着没事，趴在木板上晒太阳。当大伙靠近多利家时，它便警觉地跳起来汪汪地吠个不停，见大伙还是坚持往这边走来，便很奇怪地往羊圈里钻。走在最前面的乔向巫力瞄了两眼，又看了看它踩出的新鲜雪迹，惊得目瞪口呆。

乔连忙指着巫力说："大家看呀，我们竟然在这里找到了咬死寡妇家羊的凶手！"

大伙快步上前观察。有些人认为乔说得有道理，而有的人主张返回去再看看有关痕迹的疑点，以免冤枉了一只好狗。正在这时，听到屋外闹哄哄的多利出来了。

"多利，昨晚你到哪里去了，你可知道你家的狗咬死寡妇家二十只羊的事。"乔笑眯眯地对多利说。

"哦，怎么回事？你是不是疯了，说这话，你得拿出证据！别的狗我不敢保证，但我家的狗可是这世界上最爱羊的狗了。"多利反唇相讥。

"哟，我看得出你说的是真的。因为昨晚它的作品很杰出，的确特别爱羊。"乔也不示弱。

后来，多利听了大家搜寻老狐狸爪印的经过，还是不相信。他坚持认为这些人老早就妒忌他家有这么一条好狗了，早就在蓄谋夺走它，所以编造出这样的事。

"诬陷！这是你们有意栽赃。我家的巫力每天晚上都睡在厨房，只有牧羊的时候才放出来；而且它和我的羊紧紧相依了一整年，从来没有出过事，就是一根羊毛也没有损失过，怎么可能干出你们说的那种事？"多利生气了，他觉得全镇的人都因自家的狗没有巫力中用，而想出这法子要毁掉它。同样，坚信自己的判断是正确的乔和他的同伴也恼火多利的糊涂。正在大伙怒目相对，差点儿要打起来的时候，多利的大女儿赫尔达想了个主意，大家的怒火才稍稍平息。

"爸，今天晚上让我睡在厨房，好吗？我就守在巫力身边，要是它有办法出去，我就能知道；要是它什么也没有做，那村里那些被咬死的羊，就不是巫力干的，也就还了它清白。"赫尔达说。

到了晚上，赫尔达按照白天的约定睡在厨房的长沙发上，巫力和平时一样趴在桌子下面。他们安静地躺着，一直到夜深人静的半夜，巫力开始躁动起来。它辗转反侧，不断地爬起来又趴下，趴下又爬起来，还不停地拉长前腿伸展身体，有时候还向赫尔达那边望几眼。几番折腾后，它还是安静地趴下了。时钟差不多走到两点左右，巫力似乎像中了邪一般，再也压制不住自己内心的某种冲动。它悄悄地爬起来，瞅了瞅厨房的窗户，又瞧了瞧睡在大沙发上的赫尔达。其实赫尔达根本没有睡，她哪里睡得着，只是闭着眼安静地躺着，时不时发出一些轻细的鼾声，让巫力以为她睡着了。巫力慢慢地把鼻子凑到她的脸上，嗅了嗅。赫尔达还清楚地感觉到狗鼻子呼出的热气喷在了脸上，但是她没有作声。巫力又用鼻子轻轻地蹭了蹭她，然后侧头用尖耳朵上前倾听她的动静，用眼睛打量她的睡脸，而她没有做出任何反应。

巫力这下放心了，便悄然无声地走向窗户，轻巧地跳上台桌，把鼻子垫在窗锁下，然后抬起窗锁，直到窗户打开到能把一只爪子伸出去。接着，巫力又很熟练地把鼻子支在窗框下，抬起窗子，轻快地跳了出去，最后还用尾巴拉下窗子。整个过程快而且有序，动作也娴熟灵活，很明显它经常这么干。几秒钟后，巫力便消失在苍茫的雪夜中了。

赫尔达惊愕于刚才所见到的一切。等狗离开后，她准备马上起身去喊父亲。但她转念想了想，决定再看看巫力后面要上演怎样的故事，也好拿到一些更确凿的证据。于是她半眯着眼躺着，希望能小憩一会儿。但是她的思绪全被和她朝夕相处这么久的巫力占据着，实在睡不着。于是她起身往壁炉里添了些木柴，又躺了一会儿。一个多钟头过去了，厨房砖墙上挂的大钟在静夜里孤独地摇摆着长长的钟摆，窗外任何的响动都会让这个女孩心跳不已。她担心巫力会出什么事，又在思索寡妇家的二十只羊真是它咬死的吗？但是巫力对家里的羊又是多么的温柔体贴，对家里人又是多么的真诚友爱呀……

嗒嗒嗒，两个钟头又过去了。窗户忽然响动起来，赫尔达的心狂跳不止。一阵杂乱的响动声后，窗户被抬了起来，巫力的脑袋从外面探了进来。瞬间，它就跳进了厨房，关好了身后的窗户。动作真是利索呀！借着壁炉木柴燃烧的火光，赫尔达看到巫力眼中闪出的兽性——酷似一头大野狼。再看它的下颌、雪白的胸脯上满是血迹。巫力没有打理自己身上的污渍，直冲冲地跳到赫尔达睡的沙发前，仔细审视着她，见她没有动静，才蹲在地上开始用爪子和舌头打理着身上的每一处泥、血和雪。它一边舔，还一边发出轻微的低吼声，好像在回味今天创造出的"新作品"——不知道谁家的牲口又遭到不幸了。

"不用怀疑了，乔是正确的，我家的巫力就是凶手！"赫尔达脑子里突然闪出这个念头。她同时还意识到，这一整年里流窜到蒙萨代尔地区的那只"鬼狐狸"就是眼前这只正在舔食血迹、试图销毁证据的家伙，它根本就是个假绅士，是白天黑夜有完全不同举动的两面怪！

想到这里，赫达尔再也压不住心中的愤慨，她支起身体，瞪圆眼睛，指着巫力，颤声大叫："巫力！巫力！你这畜生！你——你，呼——你巫力！真是卑鄙无耻！"

女孩的严厉呵斥在寂静的厨房上空回荡。被识破真相的巫力像被子弹击中要害一样向后一缩，绝望地瞟了瞟紧闭的窗户。但是很快，它就向赫尔达展露出无比凶恶的目光，但在她愤怒的逼视下，又畏缩了下去，很可怜地趴在地板上慢慢匍匐向前，似乎在请求她的宽恕。它爬得越来越近了，像是从前做了蠢事，讨好地来舔她的脚一样。这时赫尔达有些心软了，就在巫力还差一步就爬到她的脚下时，一阵怪风突起！说时迟，那时快，它在赫尔达毫无防备的状况下猛地跃起，扑向了她的喉咙！

赫尔达哪里料得到巫力会有这样的举动，忙用胳膊去挡。但巫力的獠牙又锋利又狠毒，眨眼间就陷进了赫尔达的胳膊里，只听到骨头咔吧作响。

"爸爸！爸爸！救——救命呀！"赫尔达忙把胳膊向上一扬。还好巫力的身体不太重，她把它甩开了，但是被咬的伤口直滴血，痛得她大声叫唤着，向父亲求救。

看样子，巫力知道自己全完了，必须和这里的人拼个你死我活。虽然刚才赫尔达暂时将它甩开了，但是它还有向她再扑来的打算。

"爸爸，快来呀！"赫尔达害怕地拼命喊叫着，而那只黄毛怪兽却又扑上来像发了疯一般地撕咬着她的手臂。这可是天天给它喂食、经常给它洗澡，时刻关爱抚摸它的那双手呀，但这时的巫力却是不顾一切地要把它们给废掉。

赫尔达拼命地挣扎和反抗，又是踢又是用另一只手去击打巫力的头和身体，试图扳开它凶残的利齿，可都是徒劳。很快它就往她的脖子处扑去，马上就要像咬她的手臂一样狠狠地咬她的喉咙了。庆幸！正在紧要关头，多利持枪破门进来了。

这时，反应极快的巫力猛地向门口的多利扑过去，像只被激怒了的野兽一般疯狂地向多利扑咬过去。身强力壮的多利忙用手上的木枪托狠狠地向巫力砸下去，它立即瘫软在地，喘着粗气在地板上痛苦地吼叫着。从声音可以听出，它彻底绝望了，只是不甘心就这样认输，所以还鼓着凶狠的双眼挣扎着。接着，重重的木枪托把又迅速地向它的脑瓜砸去，只见它脑浆四溅。这只原本忠实、能干的黄狗永远地停止了呼吸，横卧在它每天都会来躺一躺的厨房地板上，只是这一次是再也爬不起来了。

　　巫力，聪明、勇敢、灵活、忠于职守；同时它又奸猾、凶恶、残暴、阴险狠毒，它的一生充满传奇，但谁又能否认它的下场有一半原因是因为人类的不负责而造成的呢？要是在它的幼时没有那一段被主人无故抛弃的经历，那沉睡在血液深处的野性还能唤醒吗？又试问像巫力这样的悲剧世间还有几多？暴力！残忍！无视弱小生灵！这些都是人类最爱干的蠢事！这只巫力倒是抽搐了一阵，摊开四肢，永远地睡过去了，那又有谁能知道在某一天的某一处，埋藏在另一只"巫力"内心深处的痛苦是否正在被谁唤醒呢？

珍　克

——一只忠实小狗的成长故事

在珍克很小很小的时候

美国黄石国家公园附近，每到傍晚，总有一只小狗在溜达，它的名字叫珍克。珍克生性乖巧而且忠诚，只要听到主人的召唤，不管多远，它都会以最快速度冲到主人面前。

珍克在主人贝尔·欧布利先生的精心喂养下，已经长大，它开始认识到自己是一只非同寻常的小狗了，至少已告别那种只能蜷缩在桌子下面，生怕被谁欺负的狗仔的生活了。而在主人的眼里，它的确是只非同寻常的小狗，可并不是珍克想象的那个样子，充其量只能得个"好狗"的赞誉，而不能佩带"完美的狗"的勋章。这全怪珍克那副天生娇小怯懦的模样，才使得主人给出了这样的定义——除了脾气好，什么也说不上，它不够凶狠可怕、不够壮实果敢、不够聪明机敏；而且在同龄狗中，它的忠厚老实又显得很不灵动，甚至还有点爱胡闹。有一次，这只蠢头蠢脑的小东西，竟然以为主人的长筒皮靴是新来的"怪物"，所以不顾一切地把它咬成了碎片。

不过，不管珍克怎么样，它的主人贝尔·欧布利先生还是很喜欢它的。贝尔是一位白白的胡子能够垂到腰间的老人。因为从他脸上密布的皱纹看，他就有那么大的岁数。贝尔的工作地点是在黄石国家公园的山顶上，所以他把家安置在离加尼特山峰不远的小山丘附近。老人家喜欢这片山林的宁静，我们也喜欢，所以我们扎营的地方和他的居所很近。但是，我们只是在这里野营，而老人家得长年在这里工作，所以我猜想一定有孤独的感觉找上门来打扰他，让他痛苦。然而事实并不是这样，贝尔对我们说，他从不觉得孤独，因为有珍克在；而且以珍克那种从不知道还有低落情绪的毛茸茸的小东西来看，它也不会有那种想法的。可见它是一只能给人带来欢乐、驱赶寂寞的狗精灵。

别看珍克长得弱不禁风，但它的骨子里却有种倔强得让人不可思议的力量。你只要把眼光放在它身上十分钟，就能发现这点。因为，你根本就不能在有限的时间里，看到一只很安静地待在一个地方的小狗。珍克不好闲着，喜欢四处活动，即使允许它活动的范围只有一块面饼那么大，它也会充分利用，做足花样，玩乐个够。所以，珍克最担心主人对它说："蹲下，珍克！好好待在这里，别乱动！"

贝尔总认为珍克还是只小狗，所以给它的任务都是些不关痛痒的，虽然小狗顶希望自己有所作为。但是，就算是主人让它做的那些差事非常的小，它也不能妥帖地完成，即使它很用心、很尽力地去处理，也于事无补。因为珍克太笨，这就好像它脑子里少搭了根筋一般，所以主人交代的任务，它总是弄巧成拙，好心办成了坏事。

更糟糕的是，珍克连比它还小的动物也没法对付。比如松树上那只棕色的小松鼠，出生还没有两个月呢，就逗得珍克焦躁难耐。珍克居然会把整个上午的时间花在爬一棵树上，只为了能够爬到小松鼠待的那棵又高又直的松树上。

就拿在附近乱窜的鼯鼱们来说，珍克为了抓捕到它们中的某一只，还把好几个星期的时间都搭进去了呢。

其实这也怪不得珍克。我知道像鼯鼱这样的小动物自然要比一只小狗狡猾得多，它们爱用一种"隐身术"来欺瞒准备打它们主意的人。有一次，我就看到一两只鼯鼱站在离我不远的地方，但是乍看去就会觉得它们很像是立在地上的小马桩，你甚至还会把自己的马往那里牵。可就在你准备系马绳时，却听到几声"啾啾啾"的嘲笑声，接着就发现"小马桩"长上脚逃走了。而当你认识到自己的错误时，才觉悟到这不过是鼩鼱竖直了后腿，挺立起身子，并把两只前脚尽可能地缩进身体，做出的一个"马桩"模样而已。

珍克来到山谷的第一天，就决心要捉一只鼩鼱来玩玩。但是，它采用的方法并不高明，全凭自己的想当然来实施这项"计划"。当然，结果自然不会成功，每次它都把自己弄得灰头土脸，可笑又可怜。贝尔在给它擦拭身体、收拾残局的时候，总是说这一切都源于它古灵精怪的血统。

珍克只要看到鼩鼱在离自己约莫三百米时，就会小心谨慎地匍匐前进，一直伏着身子悄悄地向前爬着。它认为这样可以借着一丛丛蒿草把自己隐蔽起来。但是当爬到一百米左右时，它的紧张、激动和长时间的用胸脯贴紧地面的姿势，让它疲惫得再也爬不下去了。这时它便索性豁出去，干脆站了起来，大大方方地向着目标走去。不用说，机敏的鼩鼱早已在窝边发现了它。

珍克也知道鼩鼱这小东西把它的到来看得一清二楚，所以正大光明地向它们逼近。一两分钟后，心中充满激动的它早已忘记了所有的谨慎，开始发疯似的狂跑起来，就像它已经完成了任务一样，高兴地又蹦又跳、又叫又嚷地向猎物冲过去。在它跑过去时，鼩鼱先是像木桩一样一动不动地站立着，直到珍克扑过来要抓住它时，才随着"啾啾啾"的几声嘲笑，嗖地溜进了身旁的洞里。扑了空的珍克，气呼呼地向着洞口大叫着，还用后腿把沙土踢进洞里，活像打架打输了的小孩子在大伙都离开现场以后，还不服气地在原地疯狂地搞些小破坏。

可笑的是，谁都知道"同一个错误不能犯两次"的道理，而珍克却偏偏不信这个邪。它每次都用这种方法去捕捉鼩鼱，虽然结果也总是一样，但它好像不知道放弃，还一味地相信自己的信念：只要有毅力，铁棒都能磨成针，何况是抓只小小的鼩鼱呢。说来也巧，它还差点就真的成功了。

有一天，珍克在草原上发现了一只鼩鼱，从它的眼神可以看出，这是一只特别肥的鼩鼱。于是，它用了异乎寻常的谨小慎微把胸脯贴在草地上，匍匐前进，但是后来它还是坚持不住站了起来，并大摇大摆地走了两步，只是在最后，它依然如故地采用那浮躁而喧闹的猛攻。哈哈！它竟然顺利地逮住了猎物。

哎呀！不对哦，这次真的是一根不折不扣的粗木桩！出了丑的珍克顿时羞愧难当，低着头，无声无息地跑到帐篷后面躲起来了。

但是这次的滑稽行为所造成的伤害，对于没头没脑、大大咧咧的珍克来说是管不了多久的。勇敢和不屈不挠的精神让它闯过了一个又一个难度超高的关卡。特别是它血液深处隐藏的勇敢无畏的特质，让它避免了将来会在自己身上发生的种种不幸，没有任何事物可以泯灭它这优良的天性。只要让它做事，它绝对会毫不犹豫、全力以赴地行动起来，好像谁给它施了某种"兴奋剂"一般，永远有用不完的能量和高度的兴趣。

路过它面前的每一辆马车、每一位牛仔、每一头正在津津有味地品尝草香的小牛犊，它都要以异乎寻常的热情去招呼；要是公园警卫告诉贝尔他又把猫给带丢了，待在一旁的珍克还没等警卫把丢猫的来龙去脉讲完，就以离弦的箭一般的速度去追寻那只猫，然后把猫赶回管理站。它认为，这是一只成熟而优秀的狗必须得尽的最庄严和神圣的义务之一。有时候，贝尔会有意把一顶破旧的草编帽抛到大黄蜂的巢穴上，然后命令珍克把它拾回来。珍克会毫不犹豫地依照主人的命令冲过去，而且这样的命令一天来个二十几次，它也不会感觉厌烦。每一次，它都是以赴汤蹈火的决心和一大群带刺的黄蜂抢夺那顶草编帽；虽然被大个大个的蜂子蜇得鼻青脸肿，痛苦难耐，可珍克总是表现出毫不退缩的姿态。而贝尔从这一次又一次和它开的玩笑中渐渐悟到：它的确是只不太聪明的狗。

　　其实，也并不是贝尔想象的那样。从珍克的种种出奇而夸张的表现上看，表面上它的确显得有些糊涂或者愚钝，但其根本应该归于它天性好玩而已。在这一系列的成长学习中，它也知道了很多事情。比如：追赶马车会招来长鞭；招惹任何一辆货车，会引来又大又凶猛的狗的追赶；马会用坚硬的马蹄踢对它不礼貌的小狗；追小牛的话，会遭到牛角的顶撞；臭鼬和猫不是一类，不要随便追扑、耍弄它们；蝴蝶和蜜蜂要分清楚后再去玩，不然会遭受很多皮肉之苦……虽然它的莽撞总是得来一次又一次的教训，但它还是百玩不厌。

　　当然，学习这种事，对谁都是漫长而艰苦的，需要花费足够多的精力、时间和耐心才可以向世界宣布功得圆满了。不过，在逐渐长大的珍克心里，它已开始琢磨怎样做一只真正的好狗了，虽然这种想法微小得和一颗谷粒一般大，但凭那充满生机、不断茁壮的气势，相信终有开花结果的一天。

小珍克的克星

在珍克经历了种种挫败、领教了无数"磨难"以后，它又惹上了一只郊狼。而这一次的麻烦，对它来说就等于吃到了这一生所吃过的最大的亏。经过这次惨痛教训以后，才可以说"傻狗狗"珍克已犯完必须得犯的错误，当这所有的错误形成了一个完整无缺的圆后，它也就识趣地滚去找另外一只"傻狗狗"了。从此，珍克就变得坚强和勇猛，成为一只忠实得让人不得不去爱抚的小狗。

这只郊狼常出没于离我们帐篷不远的地方，显然，它知道黄石国家公园的规定——禁止一切射杀野生动物的行径，包括开枪、设陷阱、诱捕等；禁止任何虐待动物的行为；同时，公园内还派兵驻扎，维持园内平和。在这里的动物都清楚这一点，尤其是那只郊狼最为得意，每天晚上都会甩着大尾巴来到我们住的地方，搜寻它爱吃的肉罐头和各类烤排骨。

开始，我也只是在帐篷外面的沙土上看到郊狼的脚印，而且它也只是在离我们较远的地方打圈圈，并不敢靠近。不久以后，我们便总能在太阳落山或者刚刚露脸的时候，听到它高亢而怪异的号叫。再过一段时间后，就能在我们的生活垃圾桶周围发现它的脚印，而且每天早晨都会有一长串相当清晰的狼爪印。

慢慢地，郊狼的胆子越来越大，到后来它不但每天晚上来，连整个白天都在帐篷周围游荡。起初，它还比较客气，知道躲藏，但当确信人类不会伤害它之后，便越来越放肆。有好几次它干脆偷偷潜进帐篷，叼起它想吃的东西，然后溜到对面的小山丘上，明目张胆地坐下来慢慢享用。

一天清晨，那只郊狼正蹲在离我们五十米左右的堤岸上晒太阳。我们中有个闲着没事的人，突然想跟珍克开个玩笑，笑嘻嘻地对它说："珍克，你看到那只郊狼了吗？它总是咧着嘴嘲笑你。去，快把它赶走！"

珍克从来就是只听话的小狗，它也从来不会放弃显示自己与众不同才能的机会，所以接到命令的它，立即抖抖身子，向大家展示"看我的吧"的神态，然后飞速地向郊狼奔去。然而，这只小狗哪里是郊狼的对手，就是奔跑的速度也是相距甚远。珍克的腿在飞快地翻飞，而郊狼却在前面迈着轻快的大步跳跃着，看情形，郊狼明摆着是在戏弄后面这个小不点儿。这场滑稽的追逐进行到四百米远的地方的时候，狼突然来了个急转身，反身向珍克扑了过来。珍克一下子感觉到事态不妙，用尽全力死命地向我们的帐篷跑来。但是敏捷的郊狼很快就追上了它，把它当玩具逗咬了起来。珍克这才清楚地认识到这只郊狼要比自己强悍好几十倍，它只有逃命的份。所以一场比先前更精彩的追逃游戏开始了。只见郊狼一会儿咬咬它的左边，一会儿又扑向它的右边，似乎在拿珍克的痛苦取乐；而珍克除了拼命地躲闪或者以一阵胡乱的咬叫作为抵抗外，就只有奔向我们，希望得到我们的援助。当它竭尽全力冲回帐篷时，已吓得躲在了桌子下面，喘着粗气。而我们却没有给予它一点同情，反而是与郊狼蓄谋过一般，不停地报以嘲笑和挖苦；尽管珍克是奉命行事才招来这样的麻烦，理当得到同情和安抚，但谁也没有这样做。

像这样的事情还发生了一次，虽然没有这次严重，但足以让小珍克感到沮丧，决心不再招惹那只郊狼了。

可郊狼却不是这样想的，它觉得逗玩帐篷里住着的那只胆小的狗相当有意思，可以打发掉很多无聊的时间。于是郊狼就像上了瘾一般，每天都会在帐篷外面徘徊一阵子。郊狼的胆大，还出于它已完全相信帐篷里的人不会用枪射它，它是非常安全的。事实也的确如此，我们的枪都被政府官员贴上了封条，况且四周还有军队巡逻，以维护野生动物保护法的有效实施。

这样一来，就时常看到郊狼守在帐篷旁，只要珍克一出来，就找机会上前耍弄它。要是可怜的珍克单独出帐篷到一百米远的地方，郊狼就会追过去咬它，逼得它只得退回帐篷，躲到主人的背后去。这样的游戏持续不断，使得小珍克的生活变得惨淡不堪。后来它连独自离开帐篷超过五十米的地方也不愿意去了；就是和我们一同出行，也表现得畏畏缩缩，胆怯得不得了。要是我们骑马兜风带上珍克，那只蛮横的郊狼准会紧跟过来，一有机会，就追上来折磨小珍克，把它从前到野外散步时的愉快心情彻底破坏了。再说，狡猾的郊狼懂得躲开我们的鞭子，总是处于我们各种防身器的射程之外；而当我们停下来捡石头示意要掷过去时，它又很机敏地闪向稍远一些的地方了。

有一天，贝尔把帐篷沿河的上游移了一公里多。在那以后，我们就很少看到那只郊狼了，因为它也随着珍克的迁移，把活动地点移了一公里多。这真是以强凌弱的典型呀！像这样蛮横无理的家伙，如果我们不及时加以反击，它一定会得寸进尺，变着法地来折腾你，郊狼就是这样干的。可怜的小珍克，对这只暴虐又极傲慢的郊狼毫无办法，每天过着担惊受怕的日子，无时无刻不感受到恐惧，而它的主人虽然明白，但也只是若无其事地笑笑罢了，并没有任何要为珍克的安全而行动起来的表示。据贝尔说，他移动帐篷不过是认为上游的草更适合放牧，他的马在那里可以吃到更好的草。但以我们后来的所见，认为事实并非是这样，他只是不愿意与我们分享他新弄来的威士忌酒，这才迁移营帐的。

几天后，贝尔的整瓶酒又空了，他的酒瘾很大，便打算打马扬鞭去另寻几瓶回来解馋。于是，他在临行时坐在马背上吩咐小狗说："珍克，你得留下来，好好看家！"然后他就翻山越岭而去。珍克很乖，听了主人的话马上回到帐篷，然后趴到一个麻布袋上守卫着身边的一切。

最后的较量

小珍克虽然不聪明，而且稚气未脱，但它却是一只恪尽职守、忠实可靠的看家狗。从小看它长大的贝尔很清楚它的能力，所以非常放心地把帐篷交付给它把守。

当天傍晚，一位住在附近山区的居民来找贝尔。当地人的性格直爽，还没走到帐篷，就开始大呼大叫："喂！贝尔！在吗？"可是没有人回应。于是他就直接走到门口。突然，他看到小珍克冲着自己，凶巴巴地吠叫个不停，好像在警告他："喂！主人不在，这不是你待的地方，快走开！走开啦！"那人见毛发倒竖的珍克，明白贝尔不在家，就转身离开了。可到了晚上，主人并没有回来照顾喂养小珍克，它有些饿了，肚子不停地和它打着招呼——"咕咕，咕咕"。

帐篷里有些烟熏肉，就装在麻布袋里，但珍克知道主人不允许它碰。贝尔曾告诉它："这肉，你得好好看守哦！"所以守护这一口袋肉对小珍克来说，是多么神圣的任务呀！就算饿死，它也不能动一丁点儿的。

夜已深了，很饿很饿的珍克决心去河边碰碰运气，看能不能抓只老鼠或者其他什么小动物充充饥。可这时，那只可恶的郊狼不知从哪里出来了，并向它猛冲过来，一场激烈的追逐赛又开始了。可怜的小狗被逼得只好惊慌地向帐篷里跑。

跑到帐篷门口，小珍克突然想到了自己的职责，于是振奋起精神，马上唤起了隐藏在自己血液深处的勇气。对一只小狗来说，那可是随着它的年岁一天天成长起来的宝贵财富哦！这时的小珍克早已把饥饿带来的胃痉挛抛到了脑后，活像一只性情温和、胆怯无比的母猫突然听到自己的猫宝宝在向它呼救时，就突然变得像只发威的母老虎一般凶猛无畏了。

无论从哪一面来说，珍克确实是一只小小狗，而且在很多时候还带有几分笨傻之气，但不管怎样，只要激发起潜藏在它内心的责任感，那么力量也会随之倍增的。正在这时，那只讨厌的郊狼有趁主人不在而直闯帐篷的意图，这一刻，珍克完全熄灭了恐惧之火，像变成了勇猛的小战士一样，转身扑向敌人。

即使是兽类，它们也有分辨是非、善恶的能力。当它们觉得自己是正义的，就会很轻易地展示出相应的勇气；相反，如果它们知道自己在行不义，就算是本身具有非常凶悍的个性，也会变得怯懦无能。现在，占理的是珍克，虽然它身材小，平时又有懦弱的表现，但在这种场合，很自然地就得到了道义的力量，变得凶猛异常。虽然郊狼向珍克狂吼了两声，音似雷鸣，像在对珍克说："我非把你这小东西撕裂不可！"而事实上，郊狼却在向后一步步地挪让着位置，不敢贸然行动。不久，郊狼刚才的狠劲就全然消失了，它虚张声势地号叫了两声，就跑开了。

过了一会儿，郊狼又折了回来。这样一来，两只动物间真正的攻防战就展开了。郊狼绕着帐篷转了几圈，有时用后腿刨着地，像是在藐视小狗；有时它又试图冲进毫无防御力的布帘门，直接向珍克挑战。可怜的小东西当然吓得要命，但只要想到郊狼要侵犯它保卫的东西时，就立即变得勇猛无敌了。

这段时间里，珍克一点儿东西都没有吃。一天中，它只悄悄溜到附近的小溪边喝了几口水，但这样是不能填饱肚子的，它依然饥肠辘辘。本来，在这种情况下，它有足够的理由咬破麻布袋，吃一些熏肉来充充饥，但是它不愿这样做，因为那是主人吩咐它看管的东西。当然，它也可以稍稍离开岗位一会儿，跑到我们的帐篷这儿来讨点好吃的东西，我们一定会慷慨地招待它的。然而，它没有这么做。在这段时间的磨炼中，它已渐渐明白要成为一条真正的狗是应该怎么样做的，小小的心灵里已开始养成令人敬佩的狗的基本品质——恪尽职守！所以，无论发生什么，它都不会懈怠、不会背叛主人。如果万不得已，它宁愿选择光荣地战死在阵地上，也不要让主人对它有一丝丝的不信任。可这时，它的主人又在做什么呢？是在远方的某处喝得酩酊大醉，忘记回家了吧！

在这种逆境下，这位小英雄忍受住各种痛苦磨难，坚守岗位长达四天四夜，只为保卫帐篷和里面的物品免遭郊狼的侵占；而它的小生命正在生死边缘徘徊。

终于，在第五天早上，贝尔——珍克每分每秒都在期盼的主人从醉梦中醒来，他意识到自己并不在帐篷里，家里只留有一只弱小的狗看守，不知道会发生什么。于是他快马加鞭，越过群山，向家中赶去。虽然他的酒已经醒了，但四肢还没有恢复灵便，一路上就是挥鞭都觉得直打晃。骑到一半，他迷迷糊糊的脑海里突然想起：哎呀！我走时居然没给在帐篷里的珍克留一点儿食物！

"希望那小东西别把我的熏肉偷光了。"贝尔一边自言自语，一边加快了速度，一直来到山顶能够看到帐篷的地方。这时的贝尔可吃惊不小，只见自家帐篷入口处蹲了一只又大又凶的郊狼；小可怜珍克正和它对峙着，彼此怒目相视，双方似乎都把牙齿咬得咯咯作响。"哇呀，我太混蛋了！竟然把那只可恶的郊狼给忘得干干净净。我可怜的珍克，它一定受尽了苦头！但是多奇怪呀，它既没有被咬死，帐篷也是完好的！"

贝尔看到珍克勇敢地站在那里，准备和郊狼进行最后一搏；它的四肢由于恐惧和饥渴已在不停地颤抖，但脸上却始终显露着视死如归的神情。饱经世故的贝尔马上就知道这是怎么一回事了。他快马奔回家，发现那袋熏肉竟然完好无损，立即意识到自他出门后，小狗就没有吃过东西，由于虚弱和恐惧，它浑身不停地发着抖、打着战。真是可怜啊！

看到主人回来的珍克挣扎着爬过去，看着他的脸，又低下头舔着他的手，好像在对主人说："主人，我把您交代的任务完成了。"这样的场面，让贝尔感动得泪光闪烁，连忙给这位小英雄找来食物，然后轻轻地抚摸，细细地端详着它："珍克，我让你受委屈了。以前我对你并不算好，你却依然对我忠心耿耿，以后我要是再出去玩乐，一定把你带上，不让你再遭这样的罪。可是我这老伙计应该怎样回报你才好呢？你既不会喝酒，也不知道人类的那些混账游戏。对了，让我来消灭那只你最讨厌的家伙，消除曾经给你带来的恐惧。相信我，我办得到！"

话说到这里，贝尔立即起身从帐篷里找出他最得意的连发枪，撕掉政府的封条，毫不犹豫地冲到门外。这时，那条郊狼还像以往一样，蹲在离帐篷不远的山丘上，露出狰狞的面容。霎时，枪响了！珍克的痛苦与恐惧至此结束了。

看护这里的警卫员应声而来，发现贝尔违反法令，射杀野生动物，便将他珍爱的连发枪没收并毁掉。随后又下令驱逐他出园，同时严厉地警告他不得再回来，否则就请他蹲监狱，剥夺他的一切自由。

但这一切对贝尔来说都算不了什么，在他打包离开这里时，一边牵着身边忠心耿耿的小狗珍克，一边喃喃地说："一切都过去了！怎么样对我都没关系，我只是真心诚意地为我的朋友做了该做的事，就像我的朋友对待我那样。"

破耳兔

——白尾兔和它妈妈的故事

破耳兔是刚出生不久的一只小白尾兔的名字，这个名字来源于它那只被扯破了的耳朵，也就是在它进行第一次冒险活动时留下的一个印记。那真是个难以磨灭的印记，不光是影响到了小白尾兔的外观，就连它的心智也因此有了变化，从此有了不同凡响的各种经历，也就生出一段段精彩的故事。我是在奥丽芬特的沼泽地里认识它的，它和它妈妈都住在那里。在我费尽心思搜罗来有关它们生活的万千条信息和资料后，就开始后期的整理和拼接工作，终于有了一段比较完整的关于野生白尾兔的历史。

　　如果你不太喜欢或者不怎么愿意用心去亲近动物的话，我猜想你会摇头嘬嘴地说这是我编出来的童话故事。动物写实怎么可以用这样拟人化的描写方式呢？但我同时也相信，那些关心和经常接近动物的人，多少也摸到了动物的一些习性和思想，所以他们就会认同我的写作。

　　当然，我也得承认在兔子间用来交流的语言中，是找不到一句我们能听得懂的，但是我们却不能由此断定兔子就没有语言，它们是有自己的一套方式进行交流的，比如它们可以通过音调、记号、味道、胡须的碰触等能起到语言作用的很多方法来传达思想和信息。千万记住：虽然我把兔子的语言意译成了人类的语言，但是我并没说它们没有自己的语言哦。

在破耳兔很小的时候

　　破耳兔在很小的时候，它妈妈就把它藏在沼泽地茂盛的野草丛下面，它们称那是小兔子的安乐窝。一天兔妈妈用青草盖在它的身上，然后和平时一样告诉它："听好了，我的孩子，不管发生什么，都别出声，好好这样趴着，明白我的意思吗？"破耳兔虽然这样趴在妈妈为它精心打造的床上，可它根本不想这么早就和"睡梦天使"拥抱。而闪亮亮的眼睛睁得大大的，它还要好好看看草被子外面的世界，才去睡觉。它知道冠蓝鸦和红松鼠这两个讨厌的家伙常在它家附近的灌木丛里打架，相互指责对方是小偷。而事实是，它们俩都好不到哪儿去，都是贼！在离破耳兔的鼻子不到半米的地方，一只蓝色的蝴蝶被一只黄色的小鸟衔在了嘴里；一只红色黑点的小瓢虫正在一片长长的草叶上跋涉，它从这片叶子上爬下来，经过破耳兔睡觉的地方，从它的脸上翻过，然后又爬到另外一片草叶上。破耳兔被瓢虫的触须搔得怪痒痒的，但它很乖，很听妈妈的话：不管发生什么，都不出声！所以它憋着气，纹丝不动，连眼睛也没眨一下。

　　不久，灌木林里传来一阵沙沙声，而且声音古怪得让人难受。虽然那声音这边响一下，那边又响一下，但离破耳兔似乎越来越近了。破耳兔已在沼泽地里生活了三个星期，可从出生到现在就没有听过这样的怪声音。这声音不像妈妈的脚步声，是不是妈妈的朋友来破耳兔家做客呢？破耳兔要不要跳出来欢迎它呢？此时的破耳兔已被这连续不停的怪声音吸引了，它非常想弄明白这声音的主人长什么样？虽然，妈妈再三叮嘱它要趴着，但这只是针对危险来说，而从那怪声音分析，不是脚步声的声音应该不会是什么危险，因此破耳兔不觉得有什么可怕的。

　　沙沙的声音越来越刺耳，可没一会儿又像消失了一样，四周寂静一片。这让破耳兔越发好奇起来。它觉得自己应该做些什么，因为自己已经来到这个世界有三个星期了，不是婴儿兔了，要了解下身边的生活是很正常的举动。于是它那双轻柔的前脚把胖乎乎的身体支撑了起来，它把头探到草被子外面，同时又慢慢用身体顶开盖在自己身上的那些乱草，向声音的来源——树林的方向做进一步的瞭望。但是，它发现只要它动一下，声音就会消失一下，这让它什么也发现不了。所以，它就向前迈出了一小步，希望能得到答案。可这答案却让它吃惊不小——一条大黑蛇在向它打招呼呢！

　　眨眼间，黑怪物就向它冲了过来。破耳兔吓坏了，本能地发出了一声尖叫："妈咪！"同时，它使出了吃奶的力气想要逃离这里，可黑蛇不让。黑蛇闪电般地咬住了它的一只耳朵，随即把它的身体缠得死死的，眼馋地盯着这只小可怜。它要让这只兔崽子做它今天的下午茶点心。

　　这只凶残的怪物开始用力勒破耳兔，要把它往死里送。破耳兔快被缠得喘不过气了，但它还是靠着奄奄一息的气力，叫唤着："妈——咪——妈咪。"还好，它的妈妈听见它最后的呼救声，像离弦的箭一般，嗖地穿过树林，跳到了黑蛇的面前。这时的兔子妈妈就不可能是人们通常印象中那种胆小无能、遇事就疯狂逃窜的兔子了，它是母亲，母爱在怀上小白尾兔那天就开始灌注到它的身体里，现在已占满了它的全身！破耳兔的哭喊让它肝肠寸断，它鼓足勇气，拼命一跃——正好从黑蛇的身上划过，同时狠狠地抓了它一下。这是黑蛇没有想到的，它感到身上一阵痛，"咝——咝——"地叫着摆动了几下身子，松开了破耳兔的身体，但是嘴还是死咬着它的一只耳朵。

"妈——咪——"破耳兔这时已缓过气来，又发出微弱的呼救声。兔妈妈又猛跳了几下，向黑蛇的肚子发起了更猛烈的进攻，最后抓得那怪物只好放开破耳兔的耳朵。但不服输的"大爬虫"开始琢磨怎么样还击，可机敏的兔妈妈每次都闪过了蛇的反咬，只给蛇嘴里留下两三撮兔子毛作为纪念品；而黑蛇的身上却被这只大白尾兔撕出了一条长长的血口子。

黑蛇感到情况不妙，它得拿出自己的真本事和这只母兔子好好地比个高下。而聪明的破耳兔就趁着它们争斗时，从蛇圈里挣脱出来，逃进了灌木林里。这时的小不点儿，已吓得失魂落魄，腿脚发软了。幸运的是，除了它的左耳朵被蛇咬破了外，倒没有受到什么别的伤害。

兔妈妈见到破耳兔脱险了，便松了口气。它并无心为荣誉而战，于是也嗖地跳进了灌木林里，它在树丛中跳蹿着，雪白的尾巴好像闪亮的路灯。很快，破耳兔也跟上了妈妈，灌木林里便出现了一大一小两盏表示胜利的明灯。黑蛇眼巴巴地瞧着，却没有兔子在灌木林里上下穿梭的本事，所以自认追不上。兔妈妈一直把它的孩子带到沼泽地里一个非常安全的地方才停下来。

荆棘林朋友

奥利芬特是片历史久远的沼泽地，那里的荆棘布满了整个丛林，使得道路曲折难通，仅有一条溪流从湖沼中间缓缓而过。这里的树木大多已经历过数千万年的岁月，枝叶的健康度已参差不齐，还有的已成为枯木、朽木，横七竖八地瘫在灌木林中，应该说它们基本上都可称为树的老祖了。但在湖沼的四周还可以见到丛丛芦苇和细柳之类的植物。猫和马因为害怕这里，通常都躲着走，而牛因为喜水和泥，还时常到这里栖息。稍干一些的地方就是灌木和荆棘的领地了。而这以外的地方与田野相连，那里生长着一些枝叶茂盛、能渗出胶液的小松树。空中摇曳的活针叶和落在地上的针叶枝整日整夜地散发出迷人的清香，让不习惯成天被这样熏着的其他小树窒息而亡。这些都是小松树的竞争者，它们总是为了那仅有的一点肥料，而使出浑身解数进行土地争夺战。

离沼泽地不远的田野一望无际，那里时常留有一只野生动物的足迹，是只狐狸的。据附近的居民说，那只狐狸的脸皮极厚，为了点点小利，什么无耻的勾当都干得出来。

沼泽地里的主要居民就是破耳兔和它妈妈毛丽。它们最近的邻居也离得很远，而最近的兔亲戚都死了。自从它们在这里安家后，就没有再搬过家，因而破耳兔就在这里接受生存训练课，以使自己长大后能在生活中取得某种成功。

毛丽是一位称职的好妈妈，它把破耳兔养得既壮实又伶俐。它的护养真是无微不至，就连破耳兔睡觉的姿势也做了指导。破耳兔所学会的第一大本领，就是知道妈妈的"趴下，别出声"很重要。它从与黑蛇的遭遇中学到这一门大学问。破耳兔永远也忘不了这次导致它破相的教训。从那以后，它对妈妈言听计从，很乖地去执行妈妈的要求，这也就让它懂得了生命的宝贵，更加珍惜学习的时光，理解求生本事的价值。因此它妈妈也清楚感觉到后来教它其他事，比先前容易得多了。

破耳兔学习的第二门功课是"待着"，这是从第一堂里引申出来的，所以它很快就会了。

"待着"就是别动，像一根木头一样，一不能说话，二不能动，三不能眨眼睛，反正不可以做任何事情。也就是说，要做一只训练有素的白尾兔，就是一旦发现周围有对自己不利的动静，不论当时自己在做什么，都得原地不动，停止一切活动。因为在林间隐蔽得很好的动物通常会和周围的植物混成一体，只有那只动物再次活动起来才可能被发现。所以，如果是与敌人相遇，那么先看到对手的那一方就会"待着"，这样就可以有更多的时间来做进攻还是远离的选择。也只有常年生活在林间的居民才懂得这门功课的重要性，可以说不管是野生动物还是猎人都必须学会这种本领。当然，尽管大家都明白这门学问，但是真正实施起来，谁也比不过这只身经百战的大白尾兔毛丽。它也是通过身体力行，才教会了破耳兔这其中的诀窍。当它拖着指明灯一般的毛球尾巴穿过树林时，它的孩子也拖着自己忽闪忽闪的白棉花尾巴跟在后面；当看到妈妈停下来"待着"时，它也做出同样的动作。

破耳兔从它妈妈那里学的"待着"还不能算是最好的本领，最好的要算是在荆棘林里那个除了它们就很少有谁知晓的生存法则。这其实是一则非常古老的法则，为了了解这个法则，你得耐着性子听听为什么荆棘林总要和野生动物们过不去的秘密。

从前的玫瑰是长在不带刺的灌木上的，但麻雀和老鼠却总爱爬上去欺负它，牛也喜欢用角把它的花瓣抵得满地都是，负鼠会用它那又长又脏的尾巴把整个花朵扫下来，而鹿则会用它的蹄子把花踢下来踩得稀巴烂。真是造孽呀！就因为这个原因，爱打抱不平的小灌木会用又尖又密的刺把自己武装起来，才能好保护它的玫瑰朋友。从此，它就对所有会爬树的、长角的、长长尾巴的、长蹄的动物宣战。也因为这样，它又交了个新朋友，那就是大白尾兔毛丽。因为它既不会爬树、不长角、不长蹄子，也没有长长的尾巴，简直可以说它根本没什么尾巴。更重要的是毛丽从来就没有伤害过荆棘林中的任何一朵玫瑰花。荆棘林因为树敌过多，便跟这只兔子特别热乎。只要白尾兔遇上危险，向它求救，荆棘林就会准备好千万支既锋利又毒性剧烈的刺，站出来保护它。

正因为如此，兔妈妈就理所当然地把这最好的丛林法则传给了它的孩子破耳兔，即"荆棘林是我们最好的朋友"。

在学习时节，兔妈妈会把四分之三的时间用在教授孩子如何掌握地形、了解荆棘林里各种弯弯曲曲的小道上。破耳兔相当聪明，学得好极了。它可以通过几条不同的路径，去沼泽地的某处游戏。它向妈妈保证过，无论怎样，都要记熟荆棘林里每一条道路；无论怎样，都不能离开荆棘朋友半个镝子远。

可是，不久以后，人类却在这里放进了一种新型的荆棘。那是一条条长长的呈线状的荆棘，遍布人类居住的整个地区。这旦的野生动物非常讨厌这种荆棘，因为它们用过各种办法想把它毁坏或者拉扯下来，都无济于事。它实在顽固而且尖利，很多动物的皮都被它划破。而且让野生动物心焦的是，这种怪物荆棘一年比一年多，对动物的伤害也一年比一年严重。还好白尾兔一家都不怕它，可见这些年它们并没有白白地在荆棘林中生活。但是狗、狐狸、牛、羊、鹿，就是人类自己也可能被那荆棘划得血淋淋，就独有毛丽了解这种尖利的玩意儿，而且它们一家还利用这新来的物种扩大了保护自己的范围。它们蔓延得越远，这一家子的安全地带就扩散得越广。这种新型的可怕的荆棘不是别的，就是带刺的铁丝网。

向破耳兔传授秘诀

破耳兔是毛丽的独生子，所以这孩子能够得到母亲的全心呵护。它不单长得壮，而且机敏得难以想象，再加上那些不同寻常的好机遇，这让它的幸福生活如虎添翼。

最开始，兔妈妈会让孩子专心攻读足迹变换的学问，还让它知道食物应该怎么个吃法，怎么个喝法，怎么个利用法；当然还要强调哪些是不能碰的东西，等等。毛丽不辞辛苦地天天训练破耳兔，认真仔细地教它，给它灌输将来受用不尽的思想和哲学。这些都是毛丽这些年生活经验的总结，以及它的母亲和它母亲的母亲一代代传下来的生存法则。它知道只有用这些生活知识来武装它的孩子，孩子将来才会有所作为，才能够活得自在和快乐。

在苜蓿地或灌木林中，妈妈毛丽让孩子紧挨着自己，然后传授它翕动鼻子保持嗅觉通畅的秘诀。破耳兔很听话地照做着。它在试尝妈妈指点的食物后，还会从妈妈嘴里扯出一些，或者品品妈妈的嘴唇，以确定自己尝的是否和妈妈尝的是同样的食物。破耳兔还学会了用爪子梳理自己的好耳朵和那只破耳朵，整理雪白的外衣，从衬衣和袜子中把那些刺挑出来。它还懂得到树林里的草叶中去提取清亮的露珠来喝，因为它不仅甜美可口，而且比与土接触过的河水要纯净得多。就这样，那些最古老的丛林法则，也渐渐地被它吸收并开始加以应用了。

一直到破耳兔长到可以独立外出时，它的妈妈才把家族通信密码传授给它。兔子发电报的方法很有趣，就是用后腿在地面上用力地扑腾几下。那声音就如几排串联在一起的大鼓同时在地上击打一般，一下子就沿着地面传开了。在离地面一米多的地方扑腾一声，二十米以外就没什么声了；但要是在接近地面扑腾一下的话，那声音至少可以传到一百米那么远。兔子是天生的"顺风耳"，即听觉神经相当发达，所以相同的扑腾声，它们可以在两百米远的地方听见，这也等于从奥利芬特沼泽地的这一头到那一头的距离。因此，只要有了这对敏锐的长耳朵，再加上以前所学的那些求生秘诀，那么这整片沼泽都属于白尾兔一家了。

"扑腾"一声的意思是"小心"或者"待着"，拉长了的"扑腾——扑腾——"就是"过来"的意思，急速的"扑腾、扑腾"便是"危险"，频率相当快的"扑腾扑腾扑腾"就表示"快跑"了。

有那么一天，天气晴朗，天空蔚蓝，云朵飘浮，可不知道冠蓝鸦在为什么事吵闹不休。毛丽告诉破耳兔，这说明周围有敌人来偷袭。这时，破耳兔就竖起双耳、睁大眼睛，认真看着妈妈的指示。只见毛丽抿起耳朵，示意破耳兔蹲下"待着"，然后它自己就跑到很远的灌木林深处，发出"孩子过来"的扑腾信号。破耳兔听命后跑了过去，可是妈妈不知又去了哪里，它只好在地上轻轻扑腾了一下，等待妈妈的回应。两分钟过后，还没有等到妈妈的响应，破耳兔有些急了，便开始四处搜寻，慢慢地发现了妈妈的脚留下的气味，于是就认定了这味道作向导，摸索着前进。味道是所有动物分辨敌友的可靠标志，很可惜人类欠缺这种本事。当破耳兔有了味道的帮助，也就很快找到了妈妈的藏身处。就这样，破耳兔又学得了跟踪这一门学问。这一次并没有什么特别的敌人，是妈妈在和它玩捉迷藏的游戏哩，但只要破耳兔从中学得了应有的知识，那么它今后的生活就会更好，因为追逐是兔子一生中少不了的技艺。

以上所述的只是兔子本领中基础的课程，就是这些本领还并非是基础课程的全部，但只要学会了也差不多是兔子赖以生存的主要本领了。

而在这有限的学习中，早已充分证明了破耳兔是一只天才兔。

不仅如此，破耳兔还善于利用草木、树林、泥土或者地洞进行躲藏、蹲伏、打滚、巡逻、兜圈子等基本的兔子本领，而且动作都非常利落和娴熟，以至于它认为自己都不用再学习其他别的什么本事了。破耳兔虽然没有尝试过，但却知道怎么玩铁丝网，这可是连妈妈都觉得不可思议的新招哦。它知道沙子容易毁坏味道，所以在玩耍的空当专门研究了沙子。它对变换方向、急转弯、翻篱笆相当精通，就像精通"蛰居"一样。"蛰居"可是一种需要很长时间才能掌握其要领的新本事，而破耳兔也永远不会忘记最早学习的"趴下"是万智之源，"钻荆棘丛"是对付追兵时要用的绝招，而且屡试不爽。

破耳兔还学会了识别所有敌人的足迹以及挫败它们的方法。比如：对付它们的天敌老鹰、猫头鹰、狐狸、猎狗、杂种狗、癞皮狗、水貂、黄鼠狼、野猫、家猫、臭鼬、浣熊等，还有人类的各种追捕法，破耳兔都能自信地拍打着胸脯说："没问题，我有对策！"

怎么知道敌人来袭了呢？破耳兔早就明白，首先得相信自己的判断，或者是听从实战经验丰富的妈妈的信号，再不然就依靠冠蓝鸦。"千万不要对冠蓝鸦的警告有丝毫犹豫！"毛丽常这样对破耳兔说，"虽然它们爱挑拨离间，坏别人的事，还有改不了偷鸡摸狗的习惯，但是天底下几乎就没有逃得过它们敏锐眼睛的事情。至于伤害不伤害到我们兔子，它是不会在乎的，所以幸亏有了这片荆棘林，它也不能够把我们怎么样。但是你只要明白，它的敌人也就是我们的敌人这一条，就对了。因而，平时外出多留心冠蓝鸦的动向，一定不会吃亏。啄木鸟很诚实，如果它发出警报，那么你尽可以相信。但是和冠蓝鸦相比，它就稍显愚钝一些。虽然冠蓝鸦常常撒谎骗人，但当它带来坏消息的时候，你必须得相信这条消息是保证你安全的，这就足够了！"

穿越铁丝网需要非凡的勇气和特别的腿力，当破耳兔研究出对付这怪物的方法后，也是过了很长的时间，才冒险去玩的。不过，当它年富力强时，穿越铁丝网对它来说就不在话下了，甚至还成了它最喜欢的一项健身运动。

对会玩者来说，穿越铁丝网根本就是一种游戏，所以破耳兔时常和毛丽来到有这玩意儿的地方追逐打闹。它们得出的经验有：你得引诱后面的敌人直扑过来，比如说狗，开始就把它撩拨得心急火燎，眼看就可以一口把你吃掉。接着在离它约一个锄子远的时候，便快速领着它到长长的斜坡上全速前进，最后让它冷不及防地跟着你冲进齐胸高的铁丝网。以这样的方法，很多狗和狐狸都能够被铁丝网扎成残废。毛丽还亲眼看见一只大猎狗当场给扎死了呢。但是，这种技巧估计也只有白尾兔母子善用，因为在别处，我还是见过不少兔子在试着往前冲的时候丢了命。

破耳兔在很小的时候就学得了很多兔子永远也学不会的东西，比如前面提到的"蛰居"。这门技术看上去是种难度很大的绝技，但对聪明的破耳兔来说，根本就算不上什么。也就是说，玩这把戏，对聪明者来说是保证安全；而对木呆者来说，就是死亡陷阱。因为这技术的刺激性，通常年轻气盛的小兔子首先会想着应用，而稳重老成的老兔子就会等所有的计策都失败了，才试着用一用。"蛰居"因为是装作在冬眠一般，长时间不食不动潜伏在一个地方不露面，可以很容易逃过人、狗、狐狸以及其他大个子猛禽的追捕，但是如果敌人是雪貂、水貂、臭鼬或者黄鼠狼，用这招就等于是送死了。

沼泽地上有两个地洞。一个在南头，一个在土岗，即阳坡上。后者开阔而且向阳，天气晴朗的时候，白尾兔一家就会到那去接受日光浴。你时常会在那里看到它们四仰八叉地躺着，闻着松针散发的缕缕清香，观察着各种动物的足迹，姿势显得古灵精怪，就像两只猫咪一样惹人喜爱。它们慢慢翻转身子，简直像是烧烤板上的什么东西，非要让日光护理到它们每一根兔毛不可。它们眨巴着眼睛，喘着气，辗转不安，好像被晒得发疼。你可别担心，这正是它们享受到的最高级的招待，那一切都表示"啊，舒服极了，棒极了"。

　　土岗顶上有一根大松树桩，它的根奇形怪状、盘绕扭曲，就像一条蜿蜒在黄沙上的巨龙。在这里，有一只不怎么快乐的老土拨鼠挖了一个窝，大约是它年轻时候就挖好的。可能是年龄增长的缘故，它的情绪越发的低落，脾气更是一天比一天暴躁。终于有一天，它离开了家，和一只奥利芬特狗干上了架。也正是趁它走以后，早已瞄上这份产业的毛丽就钻了进去，把老土拨鼠的窝据为了己有。

　　但是不久以后，一只厚脸皮的臭鼬却把毛丽赶出了这个松树洞。我想，如果它不那么胆大妄为的话，还可能长命百岁。但它在占据这个洞的时候就思量着：带枪的人是怕它们的，多数人见了臭鼬躲还来不及呢，怎么可能伤得了它？所以它的结果并不算好，就像某个希伯来国王的残暴统治一样，仅维持了四天就没戏了。

　　还有一个洞是蕨洞，隐藏在苜蓿地旁的一堆蕨类植物丛里。这个洞又小又湿，只能在实在没办法的时候做个临时避难所。当然，这也是一只土拨鼠的作品。土拨鼠在年轻的时候可以说是位亲切友好的邻居，但在年老的时候它就显得有些浮躁了。另外，人类常用它们的皮做鞭梢，如今正在世界各地的马车上发挥着作用，你若听到马呀、牛呀的惨叫声，那多半是它在起作用。听有些老人说："那种皮是靠吃偷来的饲料长大的动物的，所以就会让我们的牲口产生力量。"

　　现在，白尾兔一家又占有了这两个洞。但是如果不是遇上特别的事情，它们并不会靠近这两个洞，因为要是在洞周围踩出印迹，很难说不会把信息暴露给敌人。

那里有一棵山核桃树老得空了心，几乎都快倒了，但枝叶依然茂盛。它有个特点，就是两头都开有一个大洞，长期以来，这里是一只老浣熊的居所。老浣熊公开的职业是捉青蛙，按说它是不吃青蛙以外的荤腥的，但难免也有想吃一顿别的什么美味大餐的时候，这个谁知道呢？所以在一个漆黑的夜里，它在潜入奥利芬特沼泽地附近的居民区的鸡窝时，被人类杀死了。毛丽这只母兔，不但没有为浣熊邻居难过，反而动了别的念头——它把那个安乐窝占为己有了。

比老鹰还坏几十倍的是什么

八月，和煦的阳光普照大地，万物都在快乐地享受阳光浴，整片沼泽地到处金光闪耀，非常动人。一大早，小麻雀就来到池塘的一根狗尾草上打着秋千。它身体下面的水塘映照出星星点点的蓝天，因而阳光、小麻雀、蓝天、狗尾草和池塘以及上面的翠绿浮萍，正好构成一幅精美的工艺品。池塘的背景是一片繁茂的金色臭莸，它们和芦苇一起，在这片沼泽地中投下了深褐色的浓影。

在沼泽地里长大的麻雀可能不像其他地区的鸟儿那样有特别的色彩课进行熏陶，也没有条件长一些远大见识，但我们得承认，它们的眼睛却能够看到我们所不易发现的东西。比如：在一大片一大片的臭莸田里，在那数不清的绿叶下面，总有些奇怪的凸起物，其中有两只毛茸茸的活物，总能看到它们用鼻子不停地上下翕动。它们就是毛丽和它的孩子破耳兔。它们喜欢在这片绿树叶下面趴着，并非是喜欢闻这种草叶散发出来的特殊臭味，而是因为那些带翅膀的小昆虫，比如扁虱无法忍受这股味，因而无法接近它们，当然就免去了这类讨厌动物的骚扰。

小兔子的学习时间是不固定的，它们和人类一样，时刻都得学习。为了生存，它们所上的课总是和时下所需一个步调，但其中的重点总是在事后小兔子才能够总结出来。有一次，它们想在树荫下好好睡一觉，可没想听到冠蓝鸦拉响了警报。毛丽赶忙竖起鼻子，扬起耳朵，把小尾巴贴紧背部。不久，它就看到沼泽地那头有只奥利芬特狗朝它们跑来。

"有情况！"毛丽立即发出警报，"蹲下，我去引开那傻瓜，免得它捣乱。"说着，它便向狗跑来的那条路，毫不犹豫地冲了过去。

"汪汪！"狗开始狂吠，也向毛丽冲了过来。可是毛丽迅速变道，那只笨狗差一点点儿追上它，它一直把狗诱到了利剑如林的荆棘地。奥利芬特狗没有防到这一招，于是两只高立着的耳朵被扎得永远地耷拉着了。接着毛丽又把它引到一个隐蔽的铁丝网处，结果是，笨狗的身上多了一条血口子，疼痛使它的叫声狰狞难听，它只好夹着尾巴沮丧地回家去了。毛丽并没有放松警戒，它又来了几个急转弯，连绕了几个大圈才停下来。等它回过头去，看到可爱的破耳兔正坚挺着身子、竖直了脖子、眼睛转也不转一下地站着。它正在专注地学习这场有意思的游戏的步骤哩。但这样的举动由一只经验老到又视子如宝的兔妈妈毛丽看来，是极危险的。它气呼呼地向孩子嚷道："你太不听话了！"说完，它就冲向破耳兔，用后腿踢了破耳兔一下，把孩子踹进了泥塘里。

又有一天，兔子一家正在苜蓿地里吃草，突然遇到一只猛扑而来的红尾鹰。毛丽踢起后腿向鹰做了个准备开战的假招式，便沿着一条常走的小道跳进了灌木林。红尾鹰当然追不到那里去。这条小道是从滨溪林到烟筒林的主干道，路上布满了新一年长出的爬山虎一类的植物。破耳兔一边盯着天上的追鹰，一边往前逃，它希望和妈妈在前面会合。红尾鹰不知道刚才那只胖母兔丢下孩子是什么目的，但它知道自己想吃掉它们母子，所以就一个劲地用爪子去抓扯挡在路中间的爬山虎。破耳兔瞅了瞅妈妈，然后又快速地向妈妈跑的方向继续跑去，一边跑也一边一点一点地扯横在路上的爬山虎。"这很好嘛！"毛丽说，"要经常保持道路的畅通无阻，不管是谁都应该这样做。因为我们用得着它们。路不一定要宽，但一定要通畅，就像你的肠胃一样。你和鹰一起把爬山虎这样的东西扯掉，有一天，你还会发现我们已经切断了一个圈套。"

"一个什么？妈咪。"对妈妈刚才讲的话，有些迷糊的破耳兔用左后爪搔搔右耳问道。

"圈套！就是像爬山虎一样，但是不会生长的坏东西，比老鹰还坏几十倍。"毛丽一边解释，一边不忘用眼睛扫了扫已被甩开很远的红尾鹰，"因为它白天黑夜都藏匿在路上，然后在你最不在意它的时候，它就把你毁掉！"

　　"我不信。"破耳兔一边说，一边踮起后脚跟，在一株没有长刺的小灌木枝上来回磨它的下巴和胡须。破耳兔这样一个无意识的举动，让妈妈看见了。它既吃惊又欢喜，因为这正像一个男孩子的声音改变一样，预示着这孩子不再是小不点儿了，不久以后，它就是一只真正的成年白尾兔了！

水是有魔力的

水如同被仙女施了魔法一般，拥有常人难以捉摸的力量，没有谁敢无视它的存在。就算是铁路工人会毫无顾忌地把堤坝推进池塘、江河、湖海，但遇上猛兽般的洪水、海啸，也得反思是否曾经对它做得过分了，所以得了报应？然后，人们渐渐重视起来，开始对涓涓细流做了深入的研究，希望它的路线和内藏的能量能够帮助大家达成某种要求。而在荒芜的沙漠中，口干舌燥的旅人就是看到一丛芦苇，也会高兴得不得了。他要顺着这丛有生命的芦苇根系找一两处活水，若真的找到了，他便会感天谢地地大喝起来。

水的魔力是能保住人的性命，当然也能救下野生动物。如果一只凶恶的猎狗要追赶一只白尾兔，当它来到有水的地方时，只得停下来拼命用鼻子四处嗅个不停，但终究会前功尽弃。水会破坏掉兔子留下的某种标识，然后让狗犯起迷糊，兔子就能安然无恙了。

这一条秘诀也是毛丽教给破耳兔的，从这时起，它不但知道玫瑰多刺，还知道水有魔力，最重要的是，这两种东西都愿意和兔子交朋友。

时间过得很快，又是一个闷热的夏季。夜晚，破耳兔在毛丽的带领下，穿过树林来到一个水塘边。一路上，小兔子总是盯着妈妈那像指路灯一样，在灌木林中一闪一闪的棉尾巴，一直到它不再闪烁——这表示妈妈停下来，把尾巴坐在草垫子上了。它们就这样一跑一停，一动一静地穿梭在灌木林间。树蛙在它们头顶的枝条上催促着："该睡了，睡了。"远远的，一只牛蛙鼓胀着白肚子，在水中央一根被废弃的木头上哼哼唧唧，"一壶酒呀，月花花……"

"跟着我！"兔子妈妈说完便跳进了池塘，紧接着它就向池塘中的那块木头用力地游去。破耳兔向后退了两步，它有些害怕水，有些犹豫，但它的思想斗争只有那么十秒。只听"哎哟"一声，水里就又多了一只小兔子，它比前面的母兔更卖力地扑腾着。虽然小兔子尽力在学妈妈划水的动作，但它的动作和在陆地上奔跑的样子没啥差别。不过，破耳兔是一只不服输的小兔子，很快它就从水里游了过去，而到达终点的时候，它知道自己已学会了游泳。毛丽一身湿淋淋地蹲在木头的一头，小兔子也沿着木头爬到那里，靠在它的身旁。周围的灯芯草是它们的保护伞，四周的水也不会泄露它们的秘密。因此只要是温暖漆黑的晚上，当得知老狐狸要光临沼泽地的消息，它们就会去注意牛蛙的声音，以便在危险时刻让这位向导带它们来到安全地——水中央。再后来，破耳兔听到牛蛙的歌声便成了这样："欢迎，欢迎，需要帮助时尽管到这儿来！"

这一课在兔子学习中应该算是学到研究生的选修课课程了，因为大多数的兔子都没有上过这样的课。破耳兔有幸接触到这样的课程，全凭着它有位能干的妈妈以及自己的聪慧和胆识。

智慧无烦扰

这里要告诉大家的是我很不愿意接受的事，那就是野生动物的宿命——它们没有谁是真正老死的。大多数的野生动物的结局都得用"悲惨"来归结，而中间的差别就在于它的能力，它到底能和自己的敌人对抗多久？从破耳兔的智商来看，它是可以轻松地度过青春期的，但是它还得通过自己的努力活过壮年，然后在生命的最后三分之一的某一天被杀死。这一天就是谁也躲不过的老年期的某一天，身体的所有机能都在走下坡路，所以不得不败于年轻力壮的敌人。

白尾兔的敌人很多，天上地上、白天黑夜都有，比如狗、狐狸、猫、臭鼬、浣熊、黄鼠狼、水貂、蛇、猫头鹰、红尾鹰、人，甚至还有一些昆虫都想着法地要它们的命。因而，它们每天都会有上千次的冒险，至少一天得逃一次命，全得靠强健的腿和机敏的头脑让自己活到第二天。

这不，有只泉原狐对它们母子特别感兴趣，已经不止一次转到这里。它们只好跑到泉水旁的铁丝网下的猪圈旁躲藏着。有一次，求胜心切的狐狸在够不着它们的时候，把腿伸进了铁丝网间，差点被刺成残废。而两只兔子却安稳得意地蹲在铁丝网的另一边，对它眨巴眼睛。

有一两次，破耳兔受到猎狗的袭击，但是聪明的它把狗引到臭鼬身边，让它们为争食而开斗，自己便在其中得了利——脱险出来。因为臭鼬和狗差不多厉害，它们要争个胜负，估计得花半个时辰。

还有一次，一个猎人在猎狗的指引下把破耳兔给活捉了。可是在第二天早上，它就幸运地脱离了围困。从那次起，它就不再信任地上的洞。也有好几次它被猫给撵进了水里，还有好多次天上的追兵鹰和猫头鹰向它逼近。还好，对于每一次的骚扰，它都能轻松灵活地调用一种技能进行防范和化解。它优秀的妈妈把所有生存本事都教给了它，伴随着它的成长，凭着它天才的头脑，那些秘诀还有了一定的改进和延伸，甚至它自己还发明了一两套新的秘诀。它越长越大，脑袋瓜子也越来越灵活。为了保证安全，它开始把对腿的依赖，渐渐转移为对智慧的信任，并且这种想法与日俱增。

这附近来了只新猎狗，猎人唤它作"守儿"。为了训练它，主人就让它去追捕白尾兔。很不幸，破耳兔总成为它的目标。因为这只公仔兔和年轻的猎狗一样喜欢奔跑，而且危险又正好是它奔跑的最大动力，所以它常一边跑一边叫嚷道："妈呀，那只狗又来惹我啦，刚才我已经把终点定在芦苇那头了。"

"你这冒失鬼，我真担心你跑不过它。"远远的，总是传来破耳兔妈妈这样的回答。

"可是，妈妈，逗这只笨狗真的很有意思，我会把这一次奔跑当作一次难得的训练课来完成的。"破耳兔气喘吁吁地说道，"要是我真的跑不过了，就会扑腾一下，你就赶快过来换我我，等我喘会儿气又来接替你。"

它在前面跑着，猎狗守儿循着破耳兔的气味紧追不舍。后来它真的跑累了，便以约定好的暗号"扑腾"了一下。求援电报一发出，毛丽就跑过来把猎狗看住，接着又玩了个小把戏，把猎狗甩掉了。下面我可以对破耳兔的表现做一番细致的描述，这样就可以更清楚地展示出它对森林求生技巧的绝妙创新。

破耳兔知道它的气味在贴近地面处最明显，而且在身体发热时最强烈。所以，它想呀，要是能够离开地面，让自己有半小时的安宁，身体就会渐渐凉下来。只要气味挥发掉，就等于自己得胜了。因而，当它被逼得太紧的时候，就会冲进滨溪林的荆棘地，在那里兜圈子，也就是上下左右乱跑一通，扰乱猎狗的嗅觉。最后破耳兔就留下了一条弯曲得谁也分不清的气味小路，估计要等猎狗转到头晕才理得出其中的头绪。而小兔子在此之后就纵身一跃，跳上高灌木的上风E点，直线冲向林中D点。在D点稍停一会儿，它又顺原路倒回到E和D的中间点F，在F点一跃，就到了G点。在G点急速回头，又顺原路来到J点，等狗追过J点的对面I点后，小兔子就会沿着原路来到H点，再继续回到E点。在E点，它就已基本截断了自己身体上散发出来的气味，因为它会跳到高高的木头柱上，像个木疙瘩一样一动不动地蹲在那里，直到体温降下来。

猎狗守儿在荆棘林中的兔子迷魂阵里要浪费很多的时间，当它搞明白是怎么回事后，终于找到了D点，而这时兔子留下的气味已消散得差不多了。它只好在这周围转着圈子，誓要确定兔子跑的方向，等它又费了很大的劲才找到G点，气味又消失了。它又得再绕上几圈去寻找，圈子就越兜越大，直到它经过破耳兔正蹲着的那个高高的木头柱子。但是因为是冬天，散得差不多的气味已没有向下扩散的"体力"了，再加上兔子会在上面一动不动，那么猎物就很自然地在愚钝的守儿的头顶上混过去了。

但是，没过多久嗅觉灵敏的猎狗还是冲破万难，绕了回来。这次它到达高高的木头柱处，在较低的那个位置停了下来，闻了又闻："没错，是那只兔崽子。"随即，狗向木头柱爬了上去。

这可是考验破耳兔最关键的时候。守儿一边哧哧地嗅着，一边顺着木头柱爬上去，但是破耳兔还能够沉住气。这时候天公作美，风向对兔子有利，它要等笨狗爬到木头柱中间时就撒腿跑掉。可问题是那只狗真的很笨，它居然没有爬过来！"哎呀，它也太笨了，要是换成一只杂种狗估计也能看到这地方蹲了只兔子，而这只号称是猎狗的家伙竟然忽视我！"这时兔子的体温已经降下来了，身上的气味也淡了．破耳兔便从木头柱上跳下来，高兴地回家给妈妈送捷报了。

沼泽地来了生客

破耳兔长这么大还没有见过妈妈以外的兔子，实际上它根本就没有想过这世上还会有其他兔子。它现在独立了，就是离妈妈很远都不会觉得孤独，因为兔子是不怎么需要同伴的动物。在十二月的一天，破耳兔正在红山茱萸林里开辟通向大滨溪林的新通道，突然看到阳坡那边的天空映出一只陌生兔子的形体和长耳朵。那位生客似乎发现了什么，便高兴地沿着破耳兔开的路来到了沼泽地。它顿时就觉察出这里是兔子的天堂，但接着又有一种恨之入骨和怒火中烧的感觉涌上心头，这种感觉人们称之为——嫉妒。

这位生客停在破耳兔常踮起脚跟直立着磨胡须的那棵树旁，然后把脑袋尽力往上抵它。它认为这么做能够给自己带来某种自豪感，然而像它这样的牡兔都会这样做。做这种由祖先遗传下来的举动的目的就只有一个，那就是让别的兔子知道这片沼泽地已经属于它了，这是它们挂在树上的招牌，别的外族兔子就不能够再移居到这里。摩擦点到地面的高度也可以向兔子们显示这里主人的身高、体型等信号，让弱小者敬而远之。

破耳兔当然厌恶这只比自己高一头的外来兔，它心中顿时生出一股杀气。它的嘴里什么也没有，却上下不停地咬合，就像我们说的气得咬牙切齿。它往前跳了一个锄子儿远，落到一块平滑而坚实的地面，慢吞吞地击了三下"扑腾——扑腾——扑腾"。这次兔子电报的意思是："快从这里滚出去，越远越好，要不，我会对你不客气！"

生客把两只耳朵竖成一个很大的V形，抬身直腰地在原地蹲了三四秒钟后，就把前脚放来下，在地面上发出更加响亮的"扑腾——扑腾——扑腾"。

这是宣战的信号。

它们都争抢着走那条捷径，为了要占上风，都用最快的速度斜线迎到一起。双方对视着，都在寻找最有利的时机。生客兔子本壮肉肥，是这里难得一见的大牡兔。不过这既是它的优点，也是它的缺点。当破耳兔站在稍低的位置，它想扑过来时，腿却总是和身体配合不上，直打闪，没法真正地靠近。一次这样的情况后，破耳兔发现了它不灵活、笨拙的弱点，若是以身高和体重来和它硬拼，准不是它的对手，但是破耳兔那些拿手的灵活把戏它就不一定会了。后来，生客向破耳兔扑了过来，破耳兔才不怕它呢，便气势汹汹地迎了上去。只见冲撞在一起的两只兔子都蹦跳着，用后腿攻击对方。"砰砰砰"，它们干上了。可小白尾兔毕竟不是大牡兔的对手，它倒下了。转眼间，大牡兔的牙齿逼近了破耳兔。还没等破耳兔翻过身来，它身上的毛已丢了几撮。还好破耳兔的腿脚灵活，一蹬一闪，又挣脱开，重新冲到了大牡兔身上。但这一次它还是被对手打翻了，接着就是身上的毛到处纷飞。它敌不过大牡兔呀，只得想脱逃的对策。

在这里，我不得不佩服破耳兔的毅力，其实这时它又累，身上的伤又痛得难受，但还是找到了躲避大牡兔攻击的机会，并顺利跑开了。大牡兔在后面奋起直追，像非要把破耳兔置于死地一样。破耳兔的腿脚灵活度的确很棒，耐力也很好。大个头的牡兔，身体重，受不了曲曲折折、又长又多障碍的荆棘弯道，不久就气喘吁吁地宣告追踪失败。这对破耳兔来说，可是要三呼万岁，放炮庆祝的，因为它也累了，身上的伤在奔跑中痛得更厉害，估计也坚持不了多久了。从这以后，破耳兔的恐怖期就拉开了序幕。从小，妈妈训练它的都是针对猫头鹰、狗、黄鼠狼、人等敌人，而与别的兔子比拼的技巧在哪里呢？妈妈并没有教过它，它也从来没有想过，所以它有些难过，该怎么办呢？它只知道在不知道怎么办时，最好是趴下，或者被发现就跑。但这对对付另一只兔子来说，管用吗？

而破耳兔的妈妈毛丽也被这不速之客的到来吓坏了，它一时也找不到帮助孩子的方法，而且还对健壮的生客有些畏惧，所以就偷偷地找了个地方躲了起来。但那生客在找小兔子的时候意外地发现了它。毛丽想跑，但它没有破耳兔那样敏捷，又见生客无意杀它，也只好"待着"找机会再逃。生客可能见毛丽生得美丽，便向它求起爱来。但毛丽却厌恶它得很，因为这生客总是死皮赖脸地对它纠缠不休。不管它到哪儿，这生客都跟来，一分钟都不放过。毛丽恼怒了，但又毫无办法；而这生客在与毛丽打了几天持久战后，实在受不了，终于有一天把它掀翻在地，把它身上柔软的毛连拉带扯，一直到自己的怒气平息下来才罢休。

后来，生客认为阻碍它获得爱情的就是那只小白尾兔，于是就对破耳兔下了追杀令。破耳兔因为没有别的沼泽地可去，只得与这只大牡兔玩起捉迷藏游戏。但大牡兔并非省油之辈，所以破耳兔就是在夜间打盹的时候，也得做好逃命的准备。那个大块头还趁破耳兔睡得正迷糊的时候来偷袭，每天都有十来次。还好破耳兔警惕性很高，每一次都及时醒过来逃掉了。但时间一长，破耳兔难免感觉命运的悲惨，再怎么逃都是这样，自己无依无靠，母亲又成为敌人的俘虏受尽折磨，再加上从前属于自己的草儿、花儿还有那些安乐窝，以及自己辛辛苦苦开出来的道都给这只坏兔子给占去了，这一切真要把破耳兔逼疯了。所以，它恨这只大牡兔，胜过恨狐狸和雪貂。

这种情况何时才有个了结呢？长时的奔跑、每时每刻的紧张、吃不好睡不着等各种生理和心理上的刺激，让破耳兔瘦了下来。而它的妈妈由于遭受身体和精神的长期迫害，身体状况也不如从前了。生客想除掉破耳兔的决心似乎与日俱增，最后竟堕落到犯兔子世界最恶等大罪的地步。兔子间不管多么憎恨，怎么地窝里斗，但当外敌降临时，所有的兔子就得摒弃前嫌，合力对外。然而，大牡兔竟然反其道而行之。那天，一只巨鹰来到这片沼泽的上空，大牡兔便赶紧躲了起来，与此同时，它又变着法地把破耳兔往巨鹰够得着的旷野上赶。

有一两次，眼看鹰快把破耳兔抓住了，还好边上的荆棘林伸出援助之手，让它保住了小命。这样的事发生好几次后，破耳兔实在难以招架了，便想着不如晚上带上妈妈一起离开这里，把这片沼泽地让给那个大坏蛋好了。正当它想着怎么和妈妈说这事时，见到沼泽地上出现了猎狗老雷的身影。这时的破耳兔临时转变主意，决心豁出性命，和大牡兔来场生死搏斗。于是它故意在老猎狗的眼前晃悠，随即就开始了一场迅猛的追逐。经过沼泽地的三圈折腾，破耳兔确定老猎狗有些头晕了，而它的妈妈这时候也藏得很好。同时，也就是破耳兔行动的重点——它料到那只大牡兔因为害怕猎狗会老实地待在窝里，于是就直冲向那个窝。这是大牡兔怎么也没想到的，只见破耳兔猛地跳过它的头，顺道还没忘狠狠地踢它一脚。

"卑鄙！我非宰了你不可！"大牡兔气得咬牙切齿，猛地跳了起来。这一跳不打紧，要命的是它正好跳在猎狗和破耳兔的中间，成了两面受敌的局面，情形对大牡兔非常不利。

只听猎狗拼命地叫着，而大牡兔想逃也没什么机会了。因为它那大个头只在兔战时起作用，在这种两面受敌的状况下一点儿也用不上，反而还成了累赘。大牡兔会的本领不多，只会兔子的基本技能，比如"急转弯""兜圈子"或者是"钻地洞"等。而对于像敌人这样逼近的状况来说，急转弯呀、兜圈子呀都用不上，而钻地洞就更别提了。这又不是它自己的家，哪里有洞它都不清楚，估计这块沼泽地根本就没它这个头钻得进的洞。

带刺的玫瑰和荆棘丛对所有的兔子都一视同仁，大牡兔只有向它求助，但是没有用。荆棘们都尽了力，它们把猎狗刺得汪汪直叫，让躲在荆棘后面的两只兔子吓得缩成了一团。突然，狗叫声消失了，接着就传来了一阵扭打声，接着是一声长而尖的叫声。

躲在荆棘后面的破耳兔知道这声音表示什么，它打了个冷战，抖了抖身，这事就这么过去了。不久以后，时间把这段黑暗的历史冲刷得很淡很淡了。又长了一岁的破耳兔有了更为丰富的生存经验，重新做回了这片沼泽地主人的位置，它欣慰地露出了笑脸。

毛丽脚下的命运之轮

为了扩充人类的生活环境，奥丽芬特地区的居民开始筹划着烧掉沼泽地东部和南部的灌木林，清除泉水下面那个铁丝网围成的荒废已久的猪圈。但要是真的这样做的话，破耳兔一家的日子就没有以前那样好过了。灌木林是它们生活的家和哨所，泉水处是它们的大要塞和夏天必不可少的避难所。一直以来，它们都认为这片沼泽地里的所有领土，就是那些连鸟都不会去拉屎的旮旯都是属于它们白尾兔一家的，所以就是同类兔子出现在邻近的周围空场上，它们也会生出无名火。它们希望能够终生甚至子孙后代都安稳地生活在这里，就像大多数国家对领土权利的要求一样，让自己的领土权利在世界面前合法有效。

但是冬天来了不到一个月，这里的居民就勤快地把池塘周围的大片树林砍掉了。这严重威胁到白尾兔一家的生活领地。但是它们并不因生活空间越来越小而轻易放弃这里，它们可不愿意这么容易就认输，然后灰溜溜地去异地他乡讨生活。只是现如今的生活更加提心吊胆，不过从这么多波折中成长起来的破耳兔已变成成熟老练的男子汉了，它依然脚快气足，依然敏捷聪明。糟糕的是，这里来了一只水貂，破耳兔一家不能确定这个盯上了奥丽芬特鸡舍的坏家伙，是否也同时瞄上了它们，所以就比以前更贴近带刺的灌木林和荆棘丛。

雪已下过了，最近几天的天气都是晴朗的。傍晚，毛丽却感觉自己身体不如从前了，特别是腿使不上劲，似乎得了风湿病。于是它去灌木林里寻找一种叫茶莓的补药；破耳兔蹲在东坡上一边为妈妈站岗，一边享受着温和的夕阳。这时的奥丽芬特农舍里冒出了缕缕青烟，金灿灿的阳光把山墙、屋顶、堤坝镀成了金色。从房舍边上的谷仓里传来的声音和青烟中夹杂的芳香来看，破耳兔知道仓院里的小动物正吃着白菜之类可口的食物，这让它口水直流，眼睛直眨，鼻子不停地上下抽动着。因为它太喜欢吃白菜了，它昨天夜里就去那里搜寻过一回，但只得到了一些牲畜们吃剩下的苜蓿叶。而一只聪明的兔子是不能够连续两个晚上到同一个地方觅食的。破耳兔当然是一只聪明的兔子，而且还是一只极聪明的白尾兔。它为了不被诱惑，把头转向了闻不到白菜叶的那面，找了一些从草垛上吹下来的干草，完成了今天的晚饭任务。

天色暗下来了，破耳兔打算找一个安全的地方把自己安顿下来。这时候毛丽回来了，它吃过茶莓，又在阳坡上找了些甜桦做晚餐，就回来和孩子团聚。这时候的太阳已被派往更远的地方工作了，它的侍卫金色光芒也跟着离开了。东方的百叶窗渐渐推了起来，而且越来越高，不一会儿就遮盖了整片天空。所有的光亮都被关在窗外，沼泽地漆黑一片。捣蛋鬼风这个时候骑着它的大马乘虚而入，开始耍起恶作剧。空气顿时冷了起来，而且冰冻的面积比大雪光临时还大。

"冷得够呛，不是吗？"破耳兔打着冷战说，"我的灌木林要是有火炉烟囱管那样的本事，该多好呀。"

"我们可以去松根洞的。"毛丽焦虑地说，"不过，我们还没有在仓院里看到那只水貂的皮挂上。要是我们永远看不见那张皮，就永远别指望安全。"

一天，破耳兔发现从前木堆场里不见了一棵空心山核桃树，而它们不知道那树里正窝着那只让它们害怕的水貂呢。后来，这两只白尾兔决定到池塘南边找找有没有暖和点的地方，便蹦蹦跳跳地跑去，并在那里选了一个灌木堆。因为疲倦，它们爬到木堆下面藏好，就蜷着身子睡下了。它们的脸迎着风吹来的方向，鼻子又警觉地对着另外一个方向，这样就可以随时提醒自己哪一边会有危险，以便选择正确的方向逃跑。时间一分一秒地走着，风刮得越发猛烈了，气温下降得厉害，差不多到了半夜，冰雪就吧嗒吧嗒地打在了枯叶上，嗖嗖地呼啸着飞进了灌木林。这样的天气应该没有谁愿意出来狩猎，但几天没有吃东西的泉原狐还在到处游逛。它来到了这片灌木林，希望能遇上好运气。想着想着，它就嗅出了正呼呼大睡的白尾兔的气味。它马上停下来，片刻之后就偷偷摸摸地走到了一棵灌木林树干下。它的鼻子对自己说：兔子、这下面有兔子哦。这时的风呼啸得很猛，它在风雪的掩护下悄无声息地接近了睡在最外面的毛丽。等毛丽察觉出枯叶传来的声响后，已来不及了，狐狸已来到了它的面前。毛丽赶忙碰了碰睡在身旁的破耳兔的胡须。正当狐狸向它们发动进攻的时候，它们都清醒了。兔子睡觉时，总是做好随时蹦跳逃跑的准备，所以毛丽和破耳兔在眨眼的工夫间，就跳进了迷眼的暴风雪中，让狐狸扑了个空。当狐狸冲着毛丽奋起直追时，破耳兔已向另外一个方向逃走了。

这时的毛丽只有顶风前进，它拼着命地向前蹦跳，一直跑到沼泽地的岔路口。这时，只见它用力一跃，正好跳过一个还没完全封冻的泥沼地，而只看到食物没顾到看路的狐狸就有可能陷进那个泥沼里。可是狐狸却绕近道向毛丽追来，这时的毛丽连急转弯的空间也没有了，只好径直前进。

"哗啦啦，哗啦啦"，它跑进了草丛，又勇敢地跳进了深水塘。狐狸也紧追了上来，但因为水太冷了，狐狸感觉体力有些吃不消，只得放弃这顿兔子大餐，回家去了。但跳进深水塘的毛丽只有前面一条道，所以它只得尽力朝对岸游去。呼呼的冷风在它头顶猛烈地刮着，毛丽在游向对岸的时候，被风吹起的细浪在冲击拍打着它的小脑袋；水里夹杂着六瓣雪花，像软冰一样击打着它的眼睛；可对岸又离得太远太远，要是回头的话，说不定狐狸还等着它呢。毛丽搭下双耳以避开风和水，竭尽全力迎浪而进。很长一段时间后，它终于感到力气不足，疲惫得眼睛都睁不开，腿脚也抬不动了，而陆地就在前面，它似乎已经看到了对岸一片枯萎的芦苇秆。但这个时候，一片大雪花也能挡住它的去路。对岸的风发出了狐狸才能叫出的怪音，让毛丽彻底失去了向前再划的毅力。水把她往后冲了一截，又把她打翻过去。

毛丽在水中挣扎了一会儿，又鼓起劲向前游，但速度已比先前慢得多了。当它最后抵达芦苇丛找到一处栖身地时，身体已麻木无力，所有的信心都已沉到了生命的最底层，再也顾不得是不是还被狐狸盯着了。芦苇丛的确到了，但离真正的陆地还有一些距离。这时的毛丽已虚弱得无力划水，加上四周已结起冰来了，完全挡住了它的去路。不久，毛丽冻得像冰块一样的四肢已毫无知觉，完全动弹不得了。她的鼻子也不再翕动，浅褐色的眼睛也闭上了，它的生命到此结束了。

其实，在很早的时候那只狐狸就没追它了。破耳兔逃脱了敌人的第一次袭击后，就返回分手的地方等妈妈。不巧，它正碰见那只绕着池塘打圈圈的狐狸，于是就灵巧地把敌人引到了很远很远的地方，又诱使狐狸撞上那尖锐的铁丝网，让它的头划了一条长口子。狐狸痛得没有心思再追击它们。于是，获胜的破耳兔又回到池塘处四处搜寻妈妈的气味。它一边找一边发出"扑腾"的信号，但都无济于事，它的妈妈失踪了。从那以后，破耳兔再也没有见到过毛丽；因为寻不到妈妈的气味，所以它永远也没法知道妈妈的去向。这也难怪，毛丽在它的朋友，也就是永不泄露秘密的冰水的怀抱里长眠了。

可怜的毛丽，它可是能够荣获"巾帼英雄"牌匾的白尾兔呀。然而这也不过是千万"巾帼英雄"牌匾堆中的一块，这些英雄有谁不是在自己的小世界里接受着各种困难考验，竭尽全力去拿最优秀的奖赏，而最后还是倒下了。它们在生活中从来没有想过自己就是英雄，它们只知道在自己有限的生命中打好每一场仗。不用说，毛丽的确是一只好兔子，这对于白尾兔家族来说是不朽的财富。它的大半生都用在教育破耳兔成材成器上，就是现在破耳兔的身上也延续着它的生命，同时它还通过它的孩子，让自己的种族传承下更为优良的品质。

破耳兔依旧在这片沼泽地上生活，奥丽芬特地区的老猎人已经在某年的冬天死去，他们那些懒惰的后代已很久没有清理过这片沼泽地了，更别说修理那些铁丝网。转眼又过去了一年，这里就成了一个比以前还宽阔的白尾兔天堂。新树和荆棘长得更积极、更茂盛了，倒下的铁丝网为白尾兔提供了大量的堡垒和避难所，狗和狐狸想要偷袭它们就更难了。一直到今天，破耳兔都在这里快乐地生活着，而且现在的它已像那只大牡兔一样健壮，对任何对手都无所畏惧。后来，它组建了自己的家庭，它漂亮的妻子是一只灰褐色的兔子，不过谁也搞不清楚破耳兔是从哪里把这只兔子请来的。毋庸置疑，在未来的很多年里，它和它的子孙后代会在这里繁衍生息。要是你能辨清它们的交流密码，那么不论在什么情况下，都可以找到它们。我总是选择一个好地方，然后把耳朵凑近地面，倾听并记录下它们是什么时候发来扑腾信号，又发了怎样的扑腾信号。

春田狐

——为了孩子敢与猎狗斗智斗勇的狐狸母亲

追捕偷鸡贼

我在春田度假的时候，听这里的居民说村里总是丢失母鸡，这样的事情陆续发生了一个多月，一直找不到原因。我自认为对动物们的习性还算了解，也出于好奇，便爽快地承担下找寻失踪母鸡的任务。答案很快就揭晓了：我发现母鸡是一整只一整只被偷的，而且还是在它们回鸡舍或是离群的时候。这种做法不像是流浪汉或者邻居们的行为；如果说是猎鹰所为，通常这事在鸡群走到高地时才易发生，这同时也洗清了那些总爱栖息在高地的浣熊和猫头鹰的冤屈。后来，我又排除掉了黄鼠狼、臭鼬或水貂的嫌疑，因为这类动物喜欢把吃剩的猎物残骸丢得到处都是，而出事地点连一点儿血迹也没有找到。显然像这样的好身手，也只有狡诈奸猾的偷鸡贼——狐狸才干得出，所以我就将它们暂定为嫌疑犯了。

果然，我在埃林岱尔大松林的河边搜寻到了它们的痕迹，在浅滩处还发现几根发光的带黑、白、黄色纹样的羽毛，这是从普利茅茨岩鸡身上扯下的。我为了确认之前的判断正确，便往更高处走去，这时候"呱——呱——"乌鸦的叫嚣声刺得我耳朵难受。我回头望去，只见七八只乌鸦正向浅滩的什么东西俯冲而下，顿时一幕精彩的"贼喊捉贼"的古老剧目又上演了。只见，一只红狐正衔着什么站在浅滩中央。哦，那不是我们谷仓里的母鸡吗？乖乖，今天又得丢一只了。我刚才那样说乌鸦，是因为它们有时候取得食物的方法很无耻，看这次吧，它们大叫着"有小偷，小偷"，而真正目的并不是伸张正义、为民除害什么的，它们没有那么好！它们这么做的目的就是索要"封口费"，要求也分得一份赃物罢了。

这群乌鸦瞧准了后面的我，所以更有把握把这出戏演得完美。红狐为了回家，必须过河，但那里没有一点可以用来隐藏的植物或者任何洞穴，它的一切举动都会暴露在外。无奈之下，它只好硬着头皮向前冲去，只当前方的乌鸦和后面的我不存在。其实，要是只有鸦群，而没有我参与截击，它是可以过河的，但这时它只得丢下半死不活的母鸡，往林子深处逃去。

那只红狐就是真正的罪犯，这是确定无疑的，而它为什么如此频繁而大量地搬运食物呢？最可能的答案就是，它家有一窝嗷嗷待哺的小狐狸。我决心找到它们！

当天下午，我就领着猎犬罗杰进入了埃林岱尔大松林。在罗杰绕着树林兜了几个圈子后，我们就听到不远的山谷处有狐狸短促尖厉的叫声，位置正好是树木最密集的地方。有经验的猎犬罗杰飞速跑过去，找到了狐狸特有的气味，它兴奋地径直往树林更深处追去，直到狐狸的叫声消失后才回到我身边。来来回回大约折腾了一个钟头，看样子罗杰很累了，见到我后就迅速趴在了我的脚下，喘着粗气。

那是八月，正处于酷热的夏季，我真佩服罗杰的毅力，能够这么长时间地追跑。然而，就在罗杰刚刚准备休息的那一刻，"呀——吁"狐狸的叫声又出现了，尽职的罗杰又起身向那发声的北面冲去。开始，我听到的是很响亮的"汪汪"声，几秒钟后，声音就变成低沉的"呜呜"音，然后声音越来越微弱，到最后什么声音也没有了。我猜想，一定是狐狸引着罗杰跑到几公里外的山谷里去了。因为在正常情况下，我把耳朵贴在地上，是能够听清楚一公里之外罗杰那粗哑但响亮的叫声的。

当我静静地在树荫下等待罗杰时，突然听到"叮、当、噔、叮嗒、叮、当噔、咚"由滴水乐团演奏的动听的曲子，可是我并没有听说过这附近哪里有泉水呀。不过，在这样炎热得让人烦闷的夜晚，有这样的发现不免会给人带来美好的幻想。于是我沿着声音的来处寻过去，来到了一株橡树下。也就是从那儿——声音的源头处，传来那如月光女神弹拨竖琴般，送予大地的温柔清脆的曲调，让这个夜晚充满愉悦和生机：

咚、叮、当、叮、叮、噔

嗒嗒、叮当、咚咚、叮咚

叮、噔、嗒嗒、叮啊、咚呀

来上一杯吧，请吧，到醉为止吧。

这其实是锯磨鸮的"清泉滴答曲"。

正当我躺倒在树下的草丛里沉浸于这美妙的"泉水叮咚"声中时，突然听到粗重的喘息声和踩着树叶发出的窸窸窣窣的声音，是罗杰回来了。

这一次，罗杰累得几乎瘫掉。一找到我，它就在离我还差半米远的地方完全趴了下来，舌头伸得老长老长，唾液都滴干了。它的前胸不停地起伏着，等我走过去时，它克制住自己的喘息，把头轻轻地搭在我的手掌上，过后又在我手心上舔了两三下，就再也没有别的其他举动了。它尾巴也没有摇动，又躺下了。现在唯一能够听到的是它大口喘气的呼吸声。

可是，十来分钟后，我们又听到了那种撩人的"呀——吁"，声音还是来自那几公里外的山谷。但是我已如梦初醒，一下明白了这其中的玄机：事实上，我们现在离那窝小狐狸并不远，而两只老狐狸为了不让我们发现它们，就用了调虎离山计，轮流把我们引开。

此时此刻，天上的星星已依稀可见，虽然我认为问题很快就要解决了，然而我们的肚子也饿了，得回家了，找小狐狸的事只好放在明天了。

狐狸一家

回家后，我把这个发现当饭后闲话讲给附近的居民听。他们也都表示知道这一带住了一只老狐狸以及它的家人，但都没想到它们的窝离村子这么近。人们给这只狐狸取的名字叫"疤脸"，因为它的脸上有一道很长很深的老疤痕，从眼睛延伸至耳朵。大家猜测它是在哪次追捕白尾兔时没注意，被铁栏网上的倒刺给拉出了血口，伤口愈合后，就增添了这道标志性的特征。

有关这只狐狸的本事，其实我去年就领教过一两次。那是个银装素裹的季节，在雪后的一个大晴天里，我带好装备去山里打猎。当穿过几条杳无人迹的山路后，我来到了一个长满灌木的山谷中，确切地讲那是被废弃很久的老磨坊后面。正当我抬头仰望对面白茫茫一片的山野时，竟然看到一只狐狸正从远处跑来，它的路线正好和我站的地方有交叉。我担心它也瞧见了我，便立即屏住呼吸，一动也不敢动，就是转一下头，向下或者向左右看都不敢了，一直保持住"木头人"的姿势，直到它消失在山谷底的灌木林中。这时候，我头脑中突然闪出捉住它的想法，于是迅速赶往灌木林的另一头。我有把握在那里与它碰个正着，然后将它放进我的背囊，让它成为我的猎物。可是事情没有我想象的那么顺利，我在那里等了很久，也没有见到一只狐狸打那儿经过。于是，我只好返回刚才它跑进灌木林的那条路，沿着雪地上留下的足迹认真搜寻。到后来，我终于知晓了它的踪迹——它早已换了方向蹲着，从灌木林的另一个出口跑远了，而在那条道路的终点上的正是疤脸。只见它远远地蹲坐在我身后的山路上，咧着嘴送给我一个得意而持久并带有一丝轻蔑的讪笑。

　　显然，我的计划早就被它识破了。出于对狐狸气味的研究，我能断定在我看到它的一瞬间，它也瞧见了我。只是它也以自己是个优秀的"猎手"的姿态告诉我："你能做到的，我也能！"于是乎它就毫不露痕迹地装出那副"傻狐狸"的模样，让我误认为它接着就会上我的当。就在我高兴地跳蹦着准备去路口捉它进笼时，它已用最快的速度溜走了，并且是绕到我身后——那个我看得到却碰不到它的地方偷着乐去了。

　　前一次捉狐计划流产的阴影还未完全从我头脑中散去，在今年的春天，我竟然再一次领略了疤脸过人的智谋。

　　当时我和朋友在山中牧场上散步，正好经过一座距我们有十米远的山梁。在那里我们同时看见几块奇怪的石头，其中有一块的模样特别怪异。当我们离得略近一些时，朋友说："你不认为倒数第三块石头很像一只蜷伏着的狐狸吗？"

　　可我看过去时，根本就没有往狐狸那方面想，只觉得这几块石头的形状很特别，如此而已。出于好奇，我们向石头迈得更近了一些。可当我们走到一百米远的时候，一阵风吹来，那石头给人的感觉就像是风吹过油亮滑润的毛皮一样。我朋友斩钉截铁地叫道："没有错，那就是狐狸！它在睡觉。"

　　"我们走过去，不就清楚它是什么了吗？"我不以为然，笑眯眯地对朋友说。但就在我转身和朋友说这句话的同时，疤脸扑腾一下跳了起来——瞬间就溜得没影了。"哎呀！正是它，好家伙，给我们来这招，也就这一眨眼的工夫。"我被它这突然的举动给震得惊呼起来。在这片牧场中，曾经发生过一场大火，就在大火"走"过的地带，留下了一道黑黑的伤疤——一条像带子一般的黑色小道。它就是往那条小道跑去的，速度极快，瞬间就和被烧过的枯草混在了一起。

在它装作石头伏在那儿时，我们谁也没认出它，而它却把我们整个收入眼底。只要我们还在这条路上，它就会一动不动地待在那儿，一直到我们走近它。它知道自己要露馅了，才进行计划的第二步——窜上早已看中的那条道路，立马消失在我们的视线里。这件事的出彩点还不在于它像块大石头或者像被烧得枯黄、灰黑的杂草堆，而在于它知道自己有那么的像！更让人惊叹的是，它懂得在什么时候使用它的哪套本领。比如：它很自信地就在我和朋友面前耍了这个类似"孙悟空七十二变"的障眼法。

这事发生一两周后，我就发现疤脸和它的夫人在我们居住的林子里安了家，还把我们门前的仓院作为它们的食物来源地。

也就是在我和罗杰养精蓄锐后的第二天清晨，我们又来到那片松林。经过几番搜寻后，我们终于发现了一个近期才堆积起来的大土堆。这堆土明显是从一个洞穴里刨出来的，可是我怎么也没有找到那个洞。有经验的人懂得，特别精明的狐狸在挖一个新洞的时候，会多挖一两个洞口，然后将所有的土从第一个洞口运出，接着挖出一条通向远处灌木林的隧道。最后，它们会返回来将第一个很显眼的洞永远地堵上，只用隐蔽在灌木林里的洞口进出。

当我想起这个理论后，便绕开这里到小山包的另一侧寻找那个入口。成功了！我发现了真正的狐狸洞口，并且我能保证那里面待着一大群顽皮可爱的狐狸宝宝。

第三天，太阳刚刚露脸，天气十分暖和，我借用了男孩子们玩"鲁滨孙漂流孤岛"游戏的场地来观察这个狐狸家庭。这处场地是山坡上的一棵空心椴木，它正好高出周围的灌木。由于长年的风雪摧残，椴木倾斜得都快倒下了，它的底部有一个大洞，一直通向顶部。男孩子们就在这棵松软腐朽的树洞里搭了一个小梯，人可以自由上下。这天我就是从那里爬到树顶上去的。

从这个"观望台"上望去，那个有趣的家庭很快就收入了我的眼底。它们就住在离这里不远的地洞里，家庭成员有狐狸爸爸疤脸和狐狸妈妈，还有四只狐狸宝宝。特别要提一下那四只漂亮的小狐狸，它们长得真像四只小羊羔，毛茸茸的外套，长长的粗腿，一副天真活泼的模样，看上去很不寻常。不过，它们毕竟是狡猾的老狐狸疤脸的孩子，所以当你多看几眼它们宽宽的尖鼻子、敏锐的眼神，就能找到一丝半点儿疤脸的神态特征。

在我观察它们的那阵，经常可以瞧见四个小家伙在洞外平地上玩耍打闹，有时还翻着小白肚皮朝天躺着晒太阳呢。不过只要它们中的谁察觉到一点儿极轻微的动静，就会迅速钻进地洞里。等它们知道自己的这种躲藏行为是多余的以后，又快乐地钻出来继续嬉戏。

有一回，我就看到它们正在相互角力时，一只稍大一点儿的小狐狸机警地停止了打斗，带头往洞里跑。几秒钟过后，就看见洞口露出一个个小脑袋，然后争相蹦出来，因为那是它们的妈妈回来了。狐狸妈妈从灌木林中跑回来，嘴里叼着一只大母鸡。要是我记得没错的话，这是我们丢失的第十七只。它走近洞口时，发出低低的呼唤声，就像唤齐一群要做游戏的孩子一样，于是听到召唤的孩子们就高兴地拥到母亲身边。接下来的那部分，我觉得很不错，但要是让我叔叔知道了，一定会被气炸的。

它们连滚带爬地向母亲嘴里的猎物奔去，然后开始抢夺竞争，不一会儿就和母鸡翻滚到一块了。它们的母亲眯缝着眼，微笑着静观这几个活泼可爱的孩子，同时竖起耳朵提防着四周，做好应对突然来袭的敌人的准备。狐狸妈妈脸上表情很丰富，它的嘴从看到孩子们向它跑来后，就一直咧开来笑着，到现在已二十多分钟了，还没有合上的意思；另外它脸上仍保持着三四分老狐狸特有的狡黠和野性；而因担心孩子的安全所带来的紧张也显露了几分。但这一切都无法和它那特有的神态——神圣而严肃的、充满骄傲的母爱的表情相提并论。

小狐狸的训练课

我所在的这棵大树在灌木林中隐藏得很好，比狐狸一家所在的小山还要低，所以我能够无所顾忌地自由上下，一点儿不用担心给这个狐狸家庭添麻烦。

最近几天里，我都能在那里看到小狐狸的训练课。小狐狸们在我还没有开始关注它们时，就学会了变"石头"的本领，就是老狐狸疤脸上次和我们玩过的那个游戏。只要有陌生的响动，它们就会像个小雕塑般一动不动，当再听到其他更可怕的响动时，它们便用最快的速度向较安全的地方跑去，并把自己藏起来。

狐狸妈妈虽说还是位比较年轻的狐狸美女，但母爱在它身上已表现得淋漓尽致了。它为了孩子，可以用"精致的残酷"来对待它的猎物。具体说来，它并不把捕来的老鼠或者小鸟轻易咬死，而是让它们半死不活，受尽折磨。

山里的果园里住了一只很会照顾自己的老土拨鼠，它的模样虽然不怎么样，但很机灵。它的洞就挖在一棵老松树树桩的粗根间，而这个洞除了它就没人能钻得进去。所以狐狸夫妇在经过数十次的尝试都无法把它给翻出来后，就打消了捕捉它的念头。相信这位土拨鼠老先生的座右铭一定是：头脑比四肢有用！也因为这样，它每天都会堂而皇之地跑到树桩上舒服地晒一上午太阳。只要有狐狸的动静，它就从树桩上翻下身往洞里跑，屡试不爽。

一天，狐狸夫妻可能认为让孩子们懂得有关土拨鼠的课程应该开设了，便想以果园里这位土拨鼠老先生为直观教学的重要教具。于是疤脸先迈开步子向果园栅栏小心谨慎地走去，土拨鼠没有察觉到。然后它又大大方方地在距离树桩约五十步的地方露了面，但是它没有回过一次头，意在不让机敏的土拨鼠感觉自己正在被监视。当疤脸走到田里时，警觉性很高的土拨鼠已翻身跳到洞穴入口处了。它在那里盯着这只老狐狸，似乎是要等它走开后，再做继续晒太阳还是回洞里的决定。不过，一分钟后，土拨鼠认为进洞才是最安全的，于是做出了这个"明智"的选择。

这正中了狐狸搭档的圈套，狐狸妈妈其实在疤脸悄悄走进果园时就跟在后面了，然后就一直躲在土拨鼠看不见但又很容易抓住它的地方——树桩后面。而这时的疤脸还在慢慢悠悠地向前走着。土拨鼠这时觉得疤脸似乎没有一点要把它当作猎物的心思，就好奇地把头伸到树根外面，向四周打望。这时候，它看到老狐狸离自己已经很远，对自己不能造成威胁了，就大胆地立起身子，小心地走出洞外。但是，正当它爬上树桩时，已等待它多时的狐狸妈妈用闪电般利索的速度向它扑来。完了，完了，这下土拨鼠才知道自己是"英明一世，糊涂一时"，上了狐狸夫妻的当了。

狐狸妈妈将土拨鼠的脖子死死地咬住，拼命地左右甩着它的身体。很快，土拨鼠就感觉到眩晕得想吐，再也没有挣扎的力气了。别看疤脸头也不回地走得很远很远了，其实它一直在用余光注视着这边的一切。当看到土拨鼠失去知觉后，它马上跑回来了。但是当它看到狐狸妈妈已叼着土拨鼠向孩子们走去时，便知道没自己什么事了。

狐狸妈妈嘴里的猎物在它快到到家时，又略微挣扎了一两次。因为狐狸妈妈想把这只土拨鼠当作活教具，所以并没有一下子就要了它命的打算。就是叼它回家时，它也是小心翼翼的，生怕土拨鼠在途中就断了气。

"呜——呼——"，低沉的召集声一发出，可爱的小狐狸们就像得到了军令一般，齐刷刷地向母亲拥了过来，然后像四个狂怒的战士一样，立起耳朵，竖起眉毛，发出尖利而轻弱的咆哮声，向土拨鼠扑了上去。狐狸妈妈远远地把受惊的猎物向跑来的孩子们抛去，孩子们便用它们小小的尖嘴用力地撕咬，一次又一次地进攻。然而土拨鼠为了求生，向这群小家伙发起了抵抗式的反击。它一边把它们赶开，一边向灌木林处爬去，想三两下逃到树林里躲藏起来。而狐狸妈妈早看穿了它的计谋，便跳到它面前，把它又一次地拖回到狐狸洞口，让孩子们继续练习捕猎。小狐狸们接过妈妈再一次抛来的猎物，就更加恣意妄为地进行这粗野的训练。直到土拨鼠抓伤了其中一只小狐狸，使它发出"嘶"的一声惨烈的尖叫，把狐狸妈妈激怒了，它才跳过去，一口结束了土拨鼠的苦难，然后让孩子们将它分着吃掉了。

　　离狐狸洞不远处有一块长满幽幽青草的凹地，那是一群田鼠的活动基地，也是小狐狸们的训练基地。就在那里，小狐狸们不仅接受了最初级的森林知识，还上了狩猎课中最简单的课程。在教授中，示范是非常重要的内容。老狐狸用一两种手势提醒孩子们在关键的时候应该怎么做，例如：安静地蹲着观察，请你像我这样做。这些暗语是老狐狸时常用到的，特别是在狩猎课上非常起作用的。

　　在一个无风的月夜，幸福甜蜜的一家又一次来到这里。狐狸妈妈先让孩子们安静地躺在草丛里等待。不出所料，一会儿它们就听到"吱吱吱"轻微的骚动声——猎物出来了。于是狐狸妈妈抬起身体，踮起脚，悄无声息地走进田鼠们待的那片草丛中。它没有蹲着，而是尽可能地保持身体的直立，好让自己看得更清楚。个子小巧的田鼠总是隐没在茂密的杂草丛里，要想知道它们的行踪，唯一的办法就是观察草的动静。这也是狐狸们需要挑无风的月夜来捕捉田鼠的原因。

这种技术的关键就在于判断田鼠的确切方位，然后扑向它。狐狸妈妈就是这样做的，它的动作很熟练：一跃而起，一下就抓住一把干草，而在其中有个拼命摆动并发出吱吱声的活物，就是田鼠了。

这只猎物很快被狐狸妈妈抛到空中，让草丛里待着的孩子们接住并分食了。接下来，是小狐狸们上场尝试刚才妈妈教授的捕猎技术的时间了。十分钟过后，最大的那只小狐狸很争气地捉到了平生第一只猎物。它得意地叫唤着，带着与生俱来的野性，急迫地将还没长完全但仍不失锋利的小牙刺入了田鼠的脖子。能吃到自己捕到的猎物，这种收获对一只小狐狸来说一定像得到宝物一般兴奋。

这些都是小狐狸的小学课程，随着它们的身体一天天壮实起来，也渐渐开始接受需要到更远的地方才能展示的更高级的课程。它们要学会捕捉不同种类猎物的技巧，找到不同猎物的不同特长和弱点进行正确地应对。这是小狐狸必须得掌握的，因为这与它们将来是否能生活得美好息息相关。当然为了生存，老狐狸也要让小狐狸知道狐狸的弱点——不会爬树，还有狐狸的优点——机敏灵活，然后教给它们怎样去利用其他动物的弱点来弥补自己的不足。

老狐狸教给孩子们很多生存口诀，到底它们是怎么学会的，这个不好说明白。但有一点很清楚，它们是在父母的指导下懂得的，比如下面这些口诀（它们并不是用人类的语言告诉我的，而是通过更微妙的方法让我明白有这些口诀的）：

1. 千万别在还留有气味的路线上睡觉，哪怕那个气味不是你留下的。

2. 最应该信任的是鼻子，因为它总是在眼睛的前面。

3. 出奇的大笨蛋才会顺风跑。

4. 穿越小溪可以治好很多"病痛"。

5．千万不要待在空地上，尽量从能隐藏自己的地方走过。

6．尽量留下曲折的踪迹，绝不要留下直线的踪迹。

7．请不要轻视陌生的一切，它们往往对你不利。

8．灰尘和水可以消除气味。

9．不要在有兔子的林子里捉田鼠，也别到母鸡场附近猎兔子。若对这条掉以轻心的话，受伤的总是自己。

10．……

这些口诀的要领正渐渐深入小狐狸的心底，比如有一条"永远别跟踪你嗅不出气味的东西"是很明智的定理。当它们明白这点时，同时就知道如果嗅不到对方的气味，那么风一定让对方知道你的存在；如果对方是猎人，那么你的小命就得归西。

就这样，一堂课一堂课地学习着，很快，小狐狸们就学全了自家门口树林里的鸟和野兽们的知识。当它们能随父母走得更远的时候，它们又学得了其他动物的相关知识。这时候，它们会为自己懂得很多而沾沾自喜。而有一天晚上，狐狸妈妈有意带它们来到一块田里。在那里狐狸妈妈指着一样暗色的陌生物体，要求它们过去闻闻。小狐狸们听话地过去了。唉哟！就闻了那么一下，它们一身的毛就竖得直直的，皮肤绷得紧紧的了。它们开始颤抖，有了一丝恐惧，而且越来越重，但却不知道其中的原因，只知道身体里的血液和潜意识在告诉它们，这里充满恐怖和仇恨。当狐狸妈妈看到已达到自己想要的效果时，就用一句话结束了这堂课："这是人的气味！"

罗杰打转转

母鸡继续在失踪。虽然时常听到居民们的抱怨和诉苦声，但我还是没有出卖狐狸一家，同时还祈祷幼狐们快快长大，别落到人类的手里。我承认我很偏袒那帮可爱的狐仔，甚至不为院落里的母鸡着想。而我的叔叔也和我一样偏袒，只是和我正好相反。当他每天早上起来发现院子里又少了母鸡时，会气得直跺脚，有时还对我最近这段时间打着去林中狩猎的幌子出去，却总是空手而归的表现加以冷嘲热讽。为了不让他看不起，一天，我带着罗杰又去了那个树林，中午时坐在一个老树桩上休息。罗杰看来似乎没有我累，自个儿往前多走了几步，不过没过三分钟，它就发出每个猎人都懂得的叫喊："狐狸！有狐狸！发现了狐狸！就在下面山谷。"

不一会儿，我就看到老狐狸疤脸正大步慢跑着，看样子是想穿过河滩往河水方向躲避猎狗的追击。到了河滩，它很快就小跑进浅水区，大约跑了两百米，就直线往我所在的方向奔来。虽然我能很清楚地看到它，但它却没有发现我。它只是一个劲地回头，看看后面的猎狗离自己有多远。在距我不到三公里的时候，它停下步子，转过身去，伸长了脖子注视猎狗的动静，像是在关心落在后面的朋友是否跟上了自己。罗杰嗅着狐狸留下的气味，叫唤着跟去，近了，又近了。但当它跟到水边时，气味却消失了。很明显，这一次它还是没能斗过狡猾的老狐狸，再一次把它给跟丢了。它正围着河滩打转转，焦急地寻找神出鬼没的狐狸的踪迹。

我看到老狐狸疤脸又向前挪了两碎步，好像这样有助于它把猎狗的情况掌握得更清楚。它的举止神态像极了一个正在监视敌情的侦查员，严密地注视着远处正盲目地四处转圈圈的傻狗。"疤脸"和我的距离已不足一米，但由于它太过于专心盯着狗的动向，以致疏忽了它的后方。也因此，我能够很清晰地看到它肩部的每一根直竖起来的毛发，甚至我还能看到它肋部心脏的跳动痕迹和黄色眼珠的光亮。当罗杰灵敏的嗅觉被水的迷惑阵给击败后，它显露出难以言表的难堪和沮丧，老狐狸却展现出一副滑稽可笑的表情来。它的后脚跟像芭蕾舞演员一般，踮得比先前还高，前腿抬起来像两只失去掌控的手一样在空中上下摇晃着。要是它穿的是件棕色或者金色的外衣，那你一定会误以为它是只管不好自己的大猴子呢。

罗杰还在河滩上寻找狐狸的踪迹，信心渐失的它动作也越发笨拙和缓慢。它的嘴有时候会张得很大，那是因为它觉得鼻子不够用，需要借助嘴来出气；有好一阵，它还咬牙切齿，看样子，它似乎在心里发誓：要是狐狸落在我手上，我一定将它碎尸万段！

这一次，老狐狸又属于胜利的一方。它在品尝够获胜者应得的喜悦后，就溜走了。罗杰却还在原地搜寻着狐狸的踪迹，直到真的嗅到了那么一丁点儿含糊不清的狐狸气味，而那其中还混夹着河水的潮湿味儿和各种杂草味儿，所以它在很为难的状况下继续着它的跟踪任务。

当罗杰跟到山上时，老狐狸早已潜进了灌木林。我现在离它们约三米，把这一切看得很明白。由于我处在逆风的位置，而且像一尊木头人一样纹丝不动，所以疤脸根本没想到在这二十分钟里，它居然一直处于对它最有威胁的——人的眼皮底下。寻着狐狸留下的模糊气味跟上山的罗杰，正准备跟着狐狸蹿进树林，但在经过我身边时，我叫住了它。它转身看到了我。从它异样的眼神中，我知道它受到了一点儿惊吓，然后它丢下追踪任务，不太情愿地躺在了我的脚边。

叔叔发怒了

接连好几天，像"罗杰打转转"这样的小喜剧变换着地点上演着，而我住的屋子很有幸就在河滩对岸，所以不管狐狸怎么逗弄罗杰，我都能看得一清二楚。与此同时，村里的母鸡还在丢失。叔叔有些生气了，他不再信任我的捕猎能力，要亲自出马。很巧，叔叔第一天出山，就把地点选在了我观察老狐狸和猎狗游戏的地方。而这一次，当疤脸小跑路过河边，逗引可怜的老猎狗时，坐在它背后的叔叔举起了枪，并毫不犹豫地瞄准，"嘣"，一发子弹很快射出了枪膛。

疤脸的生命就此结束了，但母鸡还是接连失踪。这下可把叔叔给惹怒了，他决定对偷鸡贼发动强有力的攻击。首先采取的是放饵行动，他冒着很可能伤到村里猎狗性命的危险，在林子里撒下了毒饵。叔叔对我在林子里的举动也产生了怀疑，有事没事就询问我最近这些天在林子里到底有哪些收获？傍晚一到，他就会带着枪和两只大而壮实的猎狗进山，还想用上次的办法让所有的偷鸡贼都躺倒在他的枪口下。

然而，狐狸妈妈对叔叔放的毒饵并没有搭理，总是绕开了走。有好几次，我还看到它大摇大摆地走到毒饵面前，用一种相当鄙视的眼神瞅了瞅，就走开了。或者它把在路上捡到的某样东西在路过它的老对手臭鼬的洞时，随手丢了进去。而结果是，从那以后，我就再也没有见过臭鼬从那个洞里钻出来。

在疤脸出事前，对付狗和带枪的"怪物"的骚扰统统由它来处理，以保证家里孩子们的平安成长。狐狸妈妈的责任是负责教育孩子，偶尔会协助丈夫到外面捕猎，或者相互掩护着去村里偷营养丰富、美味香嫩的母鸡。可是现在，狐狸妈妈肩上的担子重了很多，因为疤脸一时的不小心丢掉了性命，同时把它的那个担子也丢下了。为了孩子，狐狸妈妈有义务挑起疤脸留下的担子——对狐狸妈妈来讲，这就等于是增加了一点儿"甜蜜的负担"而已，虽然会比以前更辛苦，但根本算不得什么的。只是它不能挪出太多的时间清理通向洞穴的所有痕迹；没有了疤脸这样的好搭档，它在洞穴附近遇上敌人时，就不能每一次都把它们顺利地引开。这样一来，它们的命运也会随着这些很难补上的漏洞，而变得危险重重。

很快，对狐狸一家早已埋下仇怨的猎狗罗杰就寻着一个没有及时清除痕迹的通道，一步步追踪到了狐狸洞穴的门口。而叔叔家另外一只很有经验的猎狐犬点子，汪汪叫着，宣布洞里有动静，并极力要向里钻去。

完了，完了，狐狸家的秘密之锁就这样轻易地被撬开了，它们的结局立即就给盖上了悲惨的印章。人们顺着猎狐犬点子的声音，找来了铁锹和铲子，十来个人就在那里不停地乱翻乱挖着。而我只有拿着铲子无奈地站在一旁装装样子——单凭我一个人，是无法阻止他们这样干的。

猎狗罗杰眼睛都不眨地盯着人们的翻挖行动。就在这时，狐狸妈妈在附近的林子里现身了。要是我估计得没错的话，它是从另外一个洞穴口故意绕到狗能看到的树林去的，目的是要和罗杰再玩玩以前疤脸曾和它玩过的"打转转"游戏。

计划很顺利，狐狸妈妈果然将猎狗引向了河滩。不过这一回不是一只猎狗，而是两只。罗杰有了点子相助，信心自然倍增，追踪起狐狸来非常起劲。而狐狸妈妈也并不是好欺负的，当它跑到离河滩不远的草地上时，看准机会，就往正在那里吃草的羊群冲去。一个纵身，它就跃到了一只羊的背上。看，它知道自己的毛色和羊的很像，所以很容易就甩掉了两只笨狗。羊是最胆小的，它们只要有一只受到惊扰，整个队伍都会乱起来，有好大一部分都往离放牧地有几百米远的地方逃，羊背上的狐狸妈妈也顺势在那里跳了下来。它心里很清楚，羊群的混乱已把自己的气味隔断了，狗们不可能分辨出哪儿是羊，哪儿是狐狸了，然后它便用最快的速度返回自己的洞穴。但这时候，因为气味的中断而无法找到狐狸的狗们，也抄近道回到了那里。狐狸妈妈绝望了，它怀念有疤脸相助的那些日子。它焦急地在四周徘徊，想找到一个能够把人们引开或让人们放弃挖掘小狐狸的念头的方法。但这是徒劳的，除了两只笨狗，再没有谁会上它的当了。

村里住的爱尔兰"捕狐专家"已用手上的工具将沙石和泥土堆在了洞穴的两边，他强而有力的臂膀已开始横着铲子，往洞的更深处探去。林子里，狗在狐狸妈妈后面发狂地来回追跑，兜着圈子。一个钟头后，只听一人兴奋地大叫道："看呀，它们都在里面！"

在狐狸洞的尽头，四只像小羊羔一般的小狐狸拼命地向洞壁处蜷缩，挤着、躲着。

还没等我发出阻止的声音，他们已举起铁锹向这群小可怜挥了过去。一下，二下，三下，瞬间，无情的铁器已结束了三条小生命。而它们中最小的第四只，在这期间使劲地往洞的更深处挤去，还好狗没法够着它，它的命才算暂时保住了。

小狐狸发出短促的呜咽声，它的母亲随着叫声急匆匆地赶了过来。可是，两只讨厌的狗总是冲上来挡住它的去路；也幸好有这两只狗夹在它和猎人中间，才避免了猎枪里的子弹冲出枪膛。也就是说，狗反而变相地保护了狐狸妈妈。

第四只小狐狸已被惊吓得失去了知觉，人们把它捡起来扔进了一个麻布袋，它在里面很安静。人们没有心思去顾小狐狸兄长们的尸体，只用了几铁锹，随便两三下就把它们埋进了洞穴里。

小狐狸被这些有罪的人带回了村子，它被铁链牢牢地拴在院子的小木箱旁。这是只美丽的小尤物，它柔软的毛皮和柔和的身形像极了一只雪白而温顺的小羊羔，惹人爱怜。只是，那双和疤脸一样的黄眼睛，不时地闪烁出狡猾阴狠的光，这是它唯一不能和小羊羔相提并论的地方。

只要有人在跟前，小狐狸就尽可能地蜷缩身子，往小木箱的最里面躲藏着。要等到最后一个人离开一小时后，它才会探出头来四下张望这陌生的地方。我的小屋刚好有一扇窗户，既可以很好地观察到它，又不容易被它发现。院子里有几只母鸡打它的面前经过，这是它熟悉的食物，妈妈和爸爸曾经不止一次地给它们带回这样的美餐。那天傍晚，天空快拉上黑帘的时候，一只母鸡急匆匆地回窝路过它时，链子猛然响动起来——小狐狸向那只母鸡发起了进攻。可是随着链子的抽动，它被狠狠地拽了回去，要是链子再长一点儿，它就能抓住那只母鸡了。

小狐狸没有成功，它沮丧地爬回了箱子里面。在这次捕捉母鸡失败后，它并没有完全死心，没过一会儿，又钻出箱子尝试了几回。只是每一次，它都会从前一次的行动中总结教训，估量好链子的长度，然后小心地对着目标进行冲刺。到最后，它已能够在链子的长度以内进行跳跃，似乎已不用去在乎结果，只重视自己是否会被无情的铁链给拽回了。

天色已黑到伸手也难辨五指的时候了，孤独和无助让第一次离开母亲和兄弟的小狐狸越来越感到不安。它尝试着往箱子外走，但一有半点儿响动，它就会拖着长而重的铁链往回躲。有时候，它用小爪子按住铁链狂怒地啃咬，但突然又停下来，似乎是听到了什么，然后又仰起湿乎乎的小尖鼻发出几声短而颤抖的呼唤。这样的状况反复了好几回，在这期间，它拼命摆弄这根铁链，同时不停地沿着箱子内侧打圈圈，总之是想尽了办法，用尽了力气，誓要摆脱这根魔鬼一般的链子。

"呀——吁！"

终于它不再感到孤独，因为它的呼唤有了回应——是它亲爱的妈妈从远方给它发来的信号。几分钟以后，一个黑影闪现在院落外的柴堆上。小狐狸只略微犹豫了一下，就兴奋地跳出箱子，向母亲奔去，用它能表达出的所有快乐来迎接妈妈。狐狸妈妈迅速跳过去，叼起孩子就向它来的方向跑。可当铁链被拉到头时，可怜的小家伙被猛地从亲爱的妈妈口中拉了回去。有人听到外面有较大的响动，开窗探头来看个究竟，狐狸妈妈只得赶紧往柴堆方向逃闪。

一小时后，我已听不到小狐狸惊慌不安的叫唤声了。于是我悄悄地往箱子处窥视，只见月光下，狐狸妈妈伸开身体躺在小狐狸身旁不停地啃咬着，铁链发出"银铛，咣当"的声音。很明显，它在拼命咬孩子脖子上那根讨厌的锁链；而小狐狸正在吃母亲的奶呢。

当我走出小屋时，狐狸妈妈已逃入了漆黑的森林。我在小木箱外面发现了两只小田鼠的尸体，它们的身上还留有一丝体温。这是狐狸妈妈为它的孩子准备的。第二天早晨，我发现挨着小狐狸脖子部位约半米的链子上，有被蹭过的痕迹——一小节明显的光亮。

我往林中被毁的洞穴走去，再次发现狐狸妈妈留下的痕迹——心碎的狐狸妈妈早在我来以前，挖出了三只小幼狐的尸体。它们安静地躺在地上，已被舔得很干净，在它们身旁同样睡着两只家禽——刚被杀死的母鸡。在它们旁边的新土堆上的印记让我知道——它们的母亲曾站在那里注视了它们很长的时间，一定还流了泪。它把它们最喜爱的食物带来了，这是它在看望最小的孩子时，顺道掠来的。在给它们送来这种食物的时候，它其实更渴望用自己的乳汁再喂养它们一次，所以它像以往一样尝试着去喂它们，去暖它们的身体。但这一切都是徒劳的——在它们柔顺的皮毛下，僵硬的小身体都是冰凉冰凉的，没有一只的小尖鼻能够呼出气息，都一动不动地躺在那里，很安静，很安静。

　　土堆上还布满了狐狸妈妈头、胸和腿的深印，这些印迹告诉我，它曾在无声的哀泣中注视了三个孩子很久很久；哀悼过程中，它曾发了疯似的发出长而痛苦的呼唤。但它是位很坚强的母亲，因为从那以后，我再也没有在那个地方发现过它回来过的痕迹。我想，它懂得自己的三个孩子是不可能再醒过来了——丧夫、丧子的痛苦使它明白：要远离这个伤心的地方，坚强地活下去，为了唯一活着的孩子必须坚强！

火焰般的母爱

那天夜里又丢失了两只母鸡的信息，让村里的人们再度紧张起来。他们放出狗来保护母鸡，雇来的人被命令日夜看守着这个院落，一旦发现有狐狸，就举枪射杀。我也被告知必须那样做，但我有我的选择——不与狐狸妈妈有真正的碰面就是。狐狸喜欢但狗并不会碰的鸡头被蘸上毒药，撒落在离村子不远的树林里。

通向关着小狐狸的院子的路只有一条，狐狸妈妈若想见到孩子，得冒着风险跃上柴堆才能靠近。但是母爱还是战胜了一切，每天晚上它都会来到孩子身边，啃咬铁链，喂奶水，送来新鲜的母鸡或是小田鼠一类的食物。它总是在孩子还没有发出抱怨声之前赶到，也因此，我每天晚上都能在窗户边观察到它们。

在叔叔发出"通缉令"的第二夜，我照常听到链子发出的咣当声，然后清楚地看到它又来了。它似乎想到了什么有用的法子，飞速地在小狐狸待的小箱子旁刨着土，似乎要在那里挖个狐狸洞。后来我才看明白，当洞挖至快要把它自己给埋进去时，它把那根铁链所有松弛的部分放进了那个洞，并用土盖在上面。它以为这样就成功地清除掉了那根链子的魔咒，便叼起孩子转身就走。

哎呀！怎么回事？这不过是再一次上演了小狐狸被链子拽回去的一幕而已。

被链子拉扯得疼痛的小狐狸没有一丝埋怨，但我知道它和它母亲的心里都淌满了泪水。可怜的小狐狸安静地爬进箱子，在里面舔着反复摔在地上后擦破的伤口。半个钟头后，狗嗅到了狐狸妈妈的气味，发出响亮的吠叫声。接着，我就听到附近的树林里有很响的狗叫声和树枝被惊扰后的巨响声，我知道狗全部出动了，它们就在狐狸妈妈的后面紧追不舍。

狐狸妈妈把它们引到北面有铁路的地方，不久后，连对此事很关注的我也不能听到狗的吵闹声了。而清早，我还是没能得到狗们返回的任何信息。于是我们就带上装备，往出事地点寻去。

答案很快就揭晓了。这一定是狐狸妈妈想了很久的计策，它是铁了心要为家人报仇的。人类的铁路，可能聪明的狐狸很早就了解了这个新玩意儿，所以，它们很快就发明了几种利用铁路来逃跑的方法。其中一种，就是引诱只顾专心追赶它们的笨狗们来到这里，然后在火车全速驶过来之前，自己先在铁轨上跑上很长一段，把猎狗和自己之间的距离拉得很远。而留在轨道上的狐狸气味会混入铁轨自身的铁锈味中，让猎狗所熟悉的气味变得很弱很弱。若是火车真的驶过来，顺带过来的风还会对那气味产生再度破坏。在这种状况下的猎狗会犯糊涂的老毛病。正当它们为突然消失的气味困惑时，高速行驶的火车将它们统统撞飞的可能性就变得极大。另外一招对狐狸来说很危险，也是很难做到的一招，但是很保险——在火车前面领跑一段距离，并引狗们跑上左右都不着边的高架桥。当火车从桥上驶过时，不管是顺向还是从对面驶来，狗们的结局都是死亡。

这是个非常成功的计谋，在桥下面，我们果真发现了罗杰等猎狗支离破碎的身体。我们明白，狐狸妈妈是用自己的生命在抗争，在报复。

庆幸的是猎狐犬点子只是受了重伤，捡回了一条命。而就在我们回家的路上，狐狸妈妈早已返回院子，并杀死了一只母鸡，将其送到了孩子的面前。我们可以想象，喘着气的狐狸妈妈躺在孩子身旁，给它哺乳。"我的孩子在等着我喂养呢。"它那颗燃烧着母爱的心一定是这么想的。

　　当叔叔知道狐狸妈妈还是每天夜里光临家里的院落，并带走一只母鸡时，便决心亲自捕到它。我所有的同情心都放在狐狸妈妈身上了，但是阻止他们猎杀它，我却是有心无力的。当天夜里，叔叔就把枪装满了子弹，坐在院落中间守了整整一个钟头。只是当晚霞已脱去了它所有的彩衣，只让风儿吹过时，叔叔突然想起有件重要的事还需要他去办，就叫来爱尔兰"捕狐专家"暂时顶替他一会儿。

　　但是，在夜更深时，不习惯守夜的爱尔兰人越发焦躁心慌起来。不久，我们就听到"砰砰砰"几声枪响。我以为狐狸妈妈会像疤脸一样，在这阵响声过后，永远地躺下。而第二天清晨，我们发现，狐狸妈妈照样偷走了一只母鸡，小狐狸面前仍旧可以看到带有热血的鸡毛在低空飞舞。

　　第二天夜里，不罢休的叔叔照样担当着"母鸡警卫"一职，而我在那天夜里又听到了枪声。可是早上去小木箱处检查时，看到那根铁链有被磨得锃亮的新印迹。看得出，它还是来过了，还一度用牙齿去啃咬那个顽固的束缚。

　　像狐狸妈妈这样火焰般的母爱所赋予的勇气，若是不被人类宽容，也应该得到尊重。第三夜，院落取消了埋伏的枪手，狐狸妈妈还会来吗？它的母爱到什么时候才是尽头呢？我是相信它还会来的，因此，这晚我依然注视着那个小木箱。

　　那天晚上，随着幼狐颤颤巍巍的哀鸣，柴堆上的黑影准时出现了。只是这次没有看到它带来母鸡或者田鼠，难道这位女猎手因为疲倦而失手了，一整天都一无所获？难道它想通了，要把喂养孩子的权利让给同样能够供给食物的人类？

　　不，完全不是这样。在这片大地上，火焰般炙热的母爱是各种灾难带来的恨无法抹去的。曾几何时，它唯一的念头是给孩子自由，经过无数次的尝试，经受着种种磨难，它把全部的心思都放在要帮助孩子重获自由上，然而结果都是失败。这一次，它的影子还是在柴堆上出现了，但只停留了片刻就离开了。

它的孩子抓住它丢下的东西，津津有味地品尝着。接着，如刀割一般的剧痛随之而来，一阵惨痛的尖叫声和短暂的挣扎过后，小狐狸睡着了——双眼永远地闭上了，鼻子不再湿润，心脏不再"扑通"——我们再也不能看到它拖着铁链在小木箱旁徘徊的身影了。

我懂得的，狐狸妈妈的母爱虽然强烈，但它还有一颗更为强烈的热爱自由的心！它比谁都清楚毒饵的功效，要是家里没有发生过那些变故，要是它的孩子能在它的教育下快乐成长，它是要教给它们这方面的知识的，它是要让它们提高对毒物的警觉、要求它们远离这类带毒的东西的。但是，现在的情况逼得它必须为生活做出选择：要么是永远的囚徒生活，要么是突然的死亡。它的最终决定，让它抑制住了火焰般的母爱，以超常的方式和勇气帮助孩子顺利地打开了通向自由的大门。

雪开始下了，但我再也没有看到狐狸妈妈在埃林岱尔大松林里出现过。谁也不知道它后来的故事，但是我能肯定，它离开了。

狐狸妈妈可能走得很远，去了另外一片大森林或者山地，把它曾经的伤痛留在了这里。它这样做是一种真切的解脱，那压抑它内心许久的心酸生活就在小狐狸最后那声惨叫过后，结束了。它和森林里所有野生动物的母亲一样，作为家庭成员中的最后承担者，自由是能够解放一切的唯一方式，其中也包括解放自己的孩子。

阿诺克斯

——一只创造多项飞行纪录的信鸽

幼鸽淘汰赛

美国东部西十九号街上有一个大马厩，从那里的侧门穿过去，然后从里面狭长的阁楼长梯攀上去，你就能闻到一股从干草和畜舍里飘出的淡淡气味。畜舍是经常打扫的，所以即使空气中夹杂着食料，让人闻了，也会觉得甜甜的，并没有让人想转头离去的那种刺鼻的感觉。一直向南端走下去，你很快就能走到尽头，因为主人用墙把它封住了。正当你失望时，你会听到从阁楼的顶端传来的熟悉的声音，"咕——咕咕，咕咕咕咕——咕咕，咕——咕咕——咕咕咕咕，咕——"然后你会很好奇地走向前，"噗噗噗"的扑翅声也进入了你的耳朵，就像谁特意安排它们依次加入到欢迎你的行列来一样，让你知道已来到了养鸽房。

这不是一般的家庭养鸽房，而是名声很响亮的信鸽之家，这里世代以训练、饲养最优秀的信鸽为荣。今天鸽房的主人邀我来这里，是希望我作为一个没有偏见的局外人来当裁判，参加评定有五十只幼鸽参加的信鸽初级筛选赛。

这是专门为幼鸽举办的训练测试。在比赛前，幼鸽们已做过相当的准备：在它们父母的带领下进行短程飞行，停在某一地后被放飞，让它们自行择路回家。今天这次比赛是在没有任何老鸽带领的情况下进行的。起飞地点是美国新泽西州伊丽莎白城，这对于它们的"独立性"来说是相当重要的考验，要是中途发生了什么意外，命都会丢的。所以，我总觉得这种赛事未免残忍了点儿。"不能这么说，这正是我们淘汰条件差的鸽子的有效方法。"鸽房的主人说。

飞行比赛的要求极为苛刻，比如鸽房的主人要在返回来的鸽子中选出最优秀的，即从中选出谁是第一名。值得注意的是，第一名并不是第一只飞回来的鸽子，而是最先准确无误地飞进鸽房里的那一只。因为要成为一名名副其实的信件携带员，最首要的条件就是飞回报信者的家，而不是回到附近转圈子。要是这样的话，它就是只一无是处的鸽子。周围的养鸽人和对这场比赛有兴趣的所有人，往往都会在比赛前就在心中瞄好一只，然后投下一笔钱。今天授予我的重要任务就是判定谁是这笔奖金的领取者。

在很早以前，大家就把那些能识归途的鸽子统称为"携带者"，因为它们身上还担负着信息的传递工作，即天空联络员。可是在这个地方，要是称它们为携带者，一定会招来一片笑语。这里的人通常会把那些身上带有好笑赘肉的生物或者某些观赏鸟叫成那个名字。而携带信息的鸽子，人们会称它们为传信鸽或信鸽——就是那种总能找到回家的路的鸽子。

信鸽是鸟类中最朴素的了，它们没有特别的羽毛，也没有那些能让它们在鸟展上脱颖而出的某种花俏装饰。人们养育它们并不是为了当前的某类流行，而是冲着它们的速度、毅力、智力和天赋而去的。信鸽必备的条件之一，就是得保持对家的方向感，确保每一次任务完成后都能返回家。据科学家说，方向感只限于耳朵中脆骨很多的内耳生物，而没有哪种生物会比一只优秀的传信鸽具有更强的方向感和方位感了。要是不信，可以翻看它们的耳朵，在它们耳朵的上方都能找到一个大凸点。还有一点就是它们那对完美的翅膀，这是它们用来完成对家的热爱、体现其高贵品质的装置。

比赛开始了，我永远也不会忘记那一刻。要是你在场边看到那片轰动的场景，一定会有和我一样激动的心情。比赛前，鸽房主人提醒我："它们十二点整出发，约莫半个钟头的样子返回。但你得特别留意，因为它们会像旋风一样飞进来，可能等到它们都飞进来了，你才能看得到。"所以为了以防万一，我只留了鸽房正中一扇最小的鸽门，而将周围多余的侧门通通紧闭。同时，我还得屏住呼吸，时刻准备迎接第一个到达者，然后迅速把门关上。虽然我知道在场的目击者很多，但为了公平、准确，我必须这么做。

大伙都把眼睛眯成一道缝，紧盯着那扇唯一敞开的鸽房门，不约而同地排成有序的一路，焦虑地注视着西南方向，希望能尽快从地平线上看到我们期待的一幕。不一会儿，突然听到有人喊："快看！回来了！"果然，鸽子们就像一道白色云雾一般，用最猛的速度闯入人们的眼帘，低低地越过城市屋顶上空，越过树梢。在我们看清每一只鸽子的瞬息，它们冲进来了！奶白的云彩般一大片一大片地闪现，钻石般晶亮的飞羽齐刷刷地闯入，一切都是那么的突然、那么的短暂。虽然我早料到会是这样，紧张地站在那扇唯一敞开的小门边上，做好了充分准备，但它们出现在眼前时的那一瞬间，我还是那么措手不及。一只白色的鸽子迫不及待地呼啸着飞入窗口，飞快地从我身边闪过，它的翼尖还猛地朝我脸上抽了一下。我知道它是无意冒犯我的，但我还是像个严厉的监狱长，"啪"地拉下了鸽房小门。顿时掌声雷动，大家不约而同地大呼："阿诺克斯！阿诺克斯！"接着就是七嘴八舌的议论，其中最得意的要数阿诺克斯的主人。他手舞足蹈地对大家说："我就说是嘛，会是它，一定是它。它是我们的宝贝，这才三个月，就这么厉害！以后它还会拿更多更大的奖的，它真了不起，我为它骄傲！"我们知道，他的高兴并不是单单为了那点儿奖金，而是因为胜利者是他的鸽子，一只血统里就有"荣誉奖章"的鸽子——它的祖辈都创造过飞行纪录。

这时鸽房一下子被观众们围了起来，大家开始观察这位优胜者飞回后的表现。阿诺克斯呢，似乎早就知道这个结果，沉稳地看着大家，没有紧张，没有特别高兴，然后咕噜噜地喝着鸽房里早为它们准备的水——飞了这么久，它有些渴了。

　　大家或坐或蹲地观赏着，但多是默默无言，因为他们的鸽子没有这一只优秀，或者从模样上琢磨阿诺克斯到底出色在什么地方？它的主人从大家的表情上好像读出了他们的小心思，所以叽里呱啦不停地解释着："你们看那眼睛、那翅膀，还有那胸脯，你们有谁见过这样棒的品种？这是天主赐予的神鸽呀！"

　　据统计，在这次从伊丽莎白出发的测试比赛中，在半小时左右只回来了四十只信鸽。这对于养鸽人来说已经见怪不惊了。他们说在飞行中，有的信鸽会因体力不支而落下，有的因智商不足以应对独立飞行而中途迷失方向，无法回家。这次初级淘汰赛过后，信鸽主人们会采取不同手段对幼鸽的血统进行改良。这次比赛结束后的当天，又飞回来了五只，当然不是一齐飞回来的，是零零散散，一会儿回来一只，一会儿又飞回一只。但仍然有五只音信全无，大家都认为它们归来的希望渺茫了。正在这时，鸽房里突然有人高兴地叫道："快看，那只大蓝鸽，就是我常说的小笨蛋飞回来了！杰克你还真行，怎么算到的，我真以为它会死在外头了呢。但是比赛已结束了，它回不回来也不重要了，不过我敢肯定它身上有凸胸信鸽的条纹。"

　　这只鸽子的诞生地是一个角箱，所以人们叫它"角箱"。从出生那天起，它就有与众不同的活力。尽管这些鸽子都还属于低龄段的小不点儿鸽，但它长个头的速度却相当的迅速，比同龄鸽要快好多，而且出落得非常美丽。虽然以平等待鸽子闻名的养鸽主人对它特别的身长、体重并不在意，可这小家伙在很小的时候就认识到自己的优点，早早就开始欺负比自己小的同族弟妹了。与此同时，另一位有经验的养鸽人比利，却对这只体形怪异的鸽子疑虑重重："哎呀，这只鸽子的嗉囊怎么这么大？谁都知道鸟身子前面要是多出这么一袋子风，是飞不快的呀！还有它那死沉沉的肥腿，哪里像个飞行健将！再瞧瞧，像那种长度的脖子根本没法支撑住自己，飞到半截就可能摔下来的。"每次轮到比利清理鸽房的时候，他总是咕哝着这样的话。

刚毅不屈的心

比赛之后，就是严格而紧凑的信鸽飞行训练课，这是一只成熟的信鸽必须经历的。就像如果希望自己在将来残酷而竞争激烈的时代立于不败的地位，就得从小开始学习生存，比如说读书呀什么的。在信鸽世界也是这样，它们的学习会一天比一天严格和紧凑。每天的目的地离出发点的距离都要递增四五十公里，而且方向也会不断地变化，直到它们完全对纽约市周围约二百五十公里的乡间小路统统了然于心才可以。同时，它们也继续进行着无情的淘汰赛，从最开始的五十只到最后只能存留下二十只。在选拔过程中，不仅要淘汰意志薄弱和"装备"差劲的鸽子，还得毫不留情地去掉那些突然生病或者突生意外的可怜家伙。就连在出发前稍微贪吃了点，把胃胀得略鼓的，都得取消做信鸽的资格。其实，那五十只幼鸽的各方面素质都算不错的，比如它们都有宽厚有力的胸脯、明亮的眼睛、长而薄的翅膀等，只要能够敏捷飞行和达到必要飞行高度的都会被选为信鸽的种子。但是，考虑到它们的最终使命是要履行为人类送重要信件的职责，不允许有一点儿闪失，所以必须在进行非常严格的层层筛选的同时，进行高密度的飞行训练。它们的色泽通常是白、蓝和棕色，并没有统一的颜色，只需具备一条，也是最重要的条件，即所有被选入者都得有最纯正的信鸽血统：钻石般晶莹的眼睛和凸起的耳朵（刚才我提到过这些条件为什么有那么重要）。

在这些优秀的信鸽种子中，最上等和优秀的非小阿诺克斯莫属了，它几乎在每次比赛中都会拿第一。在休息的时候你可能不容易发现它，因为鸽房里所有的信鸽都清一色地戴着银白色的脚环。但是将它们放飞在空中时，你很快就能认出它来——阿诺克斯的确是只高素质的信鸽，打养鸽人开笼发出"出发"命令起，你总能看到第一个起飞的那一只——阿诺克斯，而且还能看到它翱翔在空中灵活地避开所有障碍物，并且最快速地回到出发点。

再说说角箱吧，虽然比利总对它抱有偏见，但意外的是，到最后它居然成了二十名入选信鸽中的一员。只是它总是回来得很晚，从来没有得过第一，就是前几名也没有它的份。有好几次，它竟然落后于其他信鸽几个钟头，而且不是因为饿了或者渴了，很显然，它在半路总有耽搁，不知道是不是真的迷了路，反正最后还是回到鸽房里。自然，它的脚上也佩戴着一个和阿诺克斯一样，象征着最高荣誉的银白色徽章——有它名字和编号的脚环。但养鸽人比利总是藐视它，常拿优秀的阿诺克斯与它做比较，但是它的另外一个主人却劝道："多给它一次机会吧，说不定它会厚积薄发哩！你不是也遇到过很多特别好的信鸽在还是幼鸽时会表现得不那么让人满意吗？"他还时常拿安徒生的丑小鸭打比方，让比利相信角箱会变成白天鹅的。

一年后，一岁多的信鸽天才阿诺克斯果然没让人失望。这一年多来，它陆陆续续创下了各种纪录，不久后又翻新了纪录。在所有的训练中，难度指数最高的就是在辽阔碧蓝的大海上空飞行。在那里就是持有先进风向标仪器的人类都还是有遭遇麻烦的情况，何况一只小小的鸟儿呢？鸟儿辨析道路无非也是以某种惯有的界标来作参考，而茫茫大海，一望无际，哪里去找界标呀，还得随时注意大雾来袭。要是遇上起雾，太阳也被遮得严严实实，方向导航点就更别想有了。要是没有超常的记忆力、视力和听力的话，也只得拿出它们天生的法宝——方向感来支撑了，信鸽的伟大也正在于有这样的"宝物"。但有一样东西却是这一"宝物"的克星，那就是恐惧，所以要发挥与生俱来的方向感，就得保护好那对高贵翅膀间跳动的东西———一颗刚毅不屈的心。

一次海上训练，阿诺克斯和它的两名队友随主人登上了一艘驶往欧洲的客船。本来主人准备让船行到大洋中心时再放飞它们，却不料遇上了大雾。船虽然继续向前，但为了安全，训练只好停止，主人打算搭乘下一班船返回。只是没想到船行到半途，发动机出了故障，海面上的雾越来越浓，船在大海上任风摆布，无依无靠。要是到了晚上还到不了岸，大家的性命就难保了。无奈之下，船长不停地鸣笛求援，甚至还用上了旗语发送信号，但都宣告失败。这么大的雾，离岸这么远，有谁能听到、看到这单薄的救助信号呢?

这时候有位船员想起了带上船来的三只信鸽，他们尝试着让鸽子带着求助消息去报信。"星背·2592C"是第一只，他们把信息写在防水纸上，然后卷进卷筒，将卷筒绑在它尾巴下面的羽毛上。它被抛向空中后，不久就消失了，大伙等了很久也没回音。于是，他们又抛出第二只信鸽，就是那只大蓝鸽"角箱·2600C"。它飞起了，可是因为害怕，转眼它又飞回来落在船缆上。那副懦弱、恐慌的模样，让人无法再催它离开海船，只得抓住它，塞回笼子里。

这下，只剩下最后一只鸽子了。因为它个头小，很多船员平时都不会去注意它，所以大多叫不出它的名字。在放飞时，一个有心的船员翻开它的脚踝，上面写着：阿诺克斯·2590C。在当时，这名字和编号并不能给大家带来多大希望。但在万般无奈下，大家还得把这小个头当作救命稻草抓呀!一位船员从笼里抓出它时，就感觉这是一只不同寻常的鸽子——它的心脏并非刚才那两只那样"怦怦"直跳。另一个船员把大蓝鸽尾巴上的那封求助信取下来，上面的内容是这样的：

周二上午十点整，我们出发到距纽约三百三十公里时，发动机轴发生故障。这时海上突然起大雾了，我们在大雾中孤助无援，盲目前行。请速派拖船一艘。我们的鸣笛信号是一声长和一声短，每分钟一次。

——船长

这封信的外面还特意包上了防水薄膜，标明收信人是汽轮公司。然后信就捆在阿诺克斯尾巴中间的羽毛下面。当被抛到空中时，只见它不慌不忙地绕着轮船飞了一圈。当飞第二圈时，它提升了飞行高度，绕的圈子也更大，就是在离船很远的时候，仍能看见它在上空盘旋，圈子一边扩大一边向上空飞升，最后便消失在人们的视野中了。我们知道，它除了依靠信鸽血统里传下来的天赋外，一切感观都切断了，而它也正是充分调用这特有的方向天赋，才慢慢地向目的地飞去。从他们的观察来看，它体内的这种天赋很强，而且抵制那要命的恐惧的能力也很强，所以现在看来，阿诺克斯的飞行方向相当准确，而且是毫不犹豫地行进着。你根本看不出它有半点迟疑，真有飞行大将的风范呀！它离开船员不到一分钟，就像接收到天神发出的指令一般，一直朝着它出生的鸽房方向飞去了，朝着这个世界上唯一能让它满意的地方飞去。难怪说信鸽的心里装的全都是自己的"家"，它每一次出发都是以"归心似箭"的心情来时时提醒自己："要回家，要快些回家，任务完成就可以回家了！"所以，优秀的信鸽总能打破飞行纪录，这与它那颗永远把"家"放在第一位的心是分不开的。

四小时四十分，飞过三百三十公里的海雾！它创造了一项了不起的飞行纪录。这一壮举并不是每一只信鸽都能够完成的，所以立即就被信鸽俱乐部记入新纪录的名单中。那天，大家争相捧着它，抚摸和亲吻它，权威专家用特制的橡皮章和持久墨水，将这次纪录盖印在它漂亮的右翅上，上面有日期和参考编号，以方便相关人士查证。而第一只飞出的信鸽"星背"，至今杳无音信，估计是被大海无情地吞噬了。当然，它自身的恐惧也是置它于死地的"好帮手"。

接踵而至的纪录

海上那次是阿诺克斯为自己的飞行纪录史上画下的第一笔，更好更多的成绩随着它经验的丰富，自然接踵而至。在那间老鸽房里，自从有了它，一场又一场的奇特故事戏剧化地上演。一天，比利家门口停了一辆豪华金顶马车，一位白发长须的绅士走下车来。他攀上通向这间老鸽房的楼梯，在比利的迎接下细细看着鸽房里的每一只信鸽。然后他就在鸽房里一会儿坐一会儿站，一会儿在有限的房间里来回踱步，一会儿又比画着手势同比利谈着些什么，中间还不时地透过金边眼镜看着有关这批鸽子的文件。

一个早上过去了，老人一直都在等待、在观望，并不断地向屋檐上空的远处瞭望。可他究竟为了什么来这里，又为什么如此焦急地观望和坐立不安地等待着呢？原来不久后他就会得到一条消息，一条从不到六十五公里远的小镇传来的消息。这条消息是足够左右他命运的，他是成功还是破产就以这条消息的准确来判定了，所以，他的表情显得沉重不安。在这种情况下，必须要在拍电报前把消息传达到他这里才可以，而每发一次电报就意味着耽误掉一个钟头的时间。然而传递六十五公里路的消息，又有什么可以比拍电报还快呢？在那个时代只有一种办法，那就是一只一流的传信鸽才能够办到！要是老人赢了的话，钱自然不成问题，比利出的任何价钱他都会答应，那时的他已不会在乎付出什么样的价钱了。他需要的是最好、最优秀的信使帮他完成这个使命。他选中的信使正是飞羽上留有七次飞行纪录的阿诺克斯。一小时过去了，又一小时过去，第三小时开始计时了，墙上的挂钟钟摆不留情面地走着，正

165

在老人垂下头准备放弃这个计划时，那个白色的小救神扇动着美丽的翅膀呼啸着飞入了鸽房——它的家。比利忙关上门捉住它，熟练地剪下捆在阿诺克斯后羽上的线，把信卷递给老人——一位当地有名的银行家。老人的脸色苍白，抖动着双手把信打开，两秒钟后，他向天呼出一口气，脸色变得温和了，"谢天谢地！"然后他迅速地奔向董事会大厅，或者说局势的拍板地。此时，比利知道阿诺克斯已经把这位老人从死亡线上拉了回来。

后来，老银行家试图说服比利将阿诺克斯卖给他，理由他是说不出的，只是从内心里想感谢这位救命小天使。他向比利承诺他会珍爱它一生，精心饲养它至生命的最后一天。而比利相当清楚，即使这位银行家把全世界的银行都搬给他，要为这只信鸽做任何平常人想都没法想到的事情，也不能赢得小信鸽的半点感动。反而只会让它的身心受到伤害和折磨，让它变成一只普普通通的观赏鸟，在囚笼里终老一生，仅此而已。所以比利婉拒了银行家的好意，他说："谢谢您，这么看得起我们的阿诺克斯，可是您再怎么做，也买不到它的心呀。真的，在这世上就没有什么能让这小家伙抛弃把它孵化出来的老鸽房了。"就这样，银行家告别了西十九号街的二一一号，让阿诺克斯安安心心地留在那里，继续创造新的纪录，继续帮助它能够帮助的人。

虽然像银行家这样的懂得一只信鸽的伟大意义的大有人在，但是还是有一些天理难容的恶棍存在。他们认为玩猎鸽游戏是一种本事，他们会用枪瞄准天上飞行的信鸽，然后射下来。这样的事情对于爱鸽之人来说是难以接受的，而对那些恶棍来说却只是很平常的娱乐游戏。已经有很多卓越不凡的信鸽在带信途中，被这些歹徒射落下来，做成几块鸽肉馅饼，而他们还为此沾沾自喜，没半点悔过自新的意思。与阿诺克斯同样了不起的同胞兄弟阿诺夫就是在赶往大夫家的途中，像这样失去了宝贵性命的。当时它的翅膀上已印有三次优等纪录了。当它死在枪手的脚下时，双翅平摊在地上，向罪孽者展示那一次又一次的胜利记录。它的腿上还有银白色的脚环。枪手终于低头悔过，陷入了深深的自责中。后来，他让人把消息送出，完成了因为他使信鸽未能完成的任务。同时他把信鸽的尸体包裹好，送还给信鸽俱乐部，只说是他找到的。但是鸽子的主人很清楚其中发生了什么，在和枪手的攀谈中，他们都敞开了心扉。枪手承认是他杀死了那只信鸽，他是因为一位想吃一块鸽肉馅饼的穷邻居才这样做的。他说邻居病得快死了，他只想还邻居一个心愿。

信鸽的主人愤怒了，他含着泪水说："我的鸽子，我美丽的阿诺夫，它可是带过二十回生死攸关的消息、创造过三次了不起的飞行纪录、救过两条人命的鸽子，而你仅仅为了一块鸽肉馅铲就将它枪杀了！我完全可以用法律来制裁你，只是我无心这么做；报复也挽救不回阿诺夫的生命！我可以这样告诉你，要是你再遇到一个想吃鸽肉馅饼的邻居，请他到我这里来，我们这会为他免费提供专门用来做馅饼的雏鸽。但我得让你清楚，要是你身上还存有一丝仁慈厚爱，你永远也不要再持枪去射我们的高贵信使了，而且也不要允许你身边任何人有这样的举动！"

老银行家听说这事后，忙与信鸽俱乐部取得联系，讨论要为信使们的安全做些什么。他在当地是一个举足轻重的人物，他的每一句话都很有分量，因而在他满怀感激地将阿诺克斯的英雄行为向大众宣传后，奥尔巴尼市的鸽子保护法没过多久就正式颁布并顺利执行了。

爱的最高境界

比利从没有对大蓝鸽角箱·2600C产生过兴趣，尽管这样，这只幸运儿的脚上还是保留着银徽章的等级，只是比利把它排在最后一位，认为它是个拙劣的传信员，而实际上它确实是这样。海船事件就证明了这个懦夫是多没用，而在生活中，它还是一个典型的欺凌弱小的暴徒。

那天清晨，比利进鸽房添食料和换清水时，发现有两只鸽子在一个角落里发生了争执。这两个家伙，一大一小，一会儿跳上天台，一会儿翻倒在地板上，相互拼命地纠缠厮打，鸽羽飞得满天，灰尘四起，惊得鸽房里的其他鸽子阵阵骚乱。比利忙把它们分开，怕伤了其中哪一只，影响到下次的出行任务。当比利捉住其中那只小个子时，才发现它正是他最宠爱的阿诺克斯，而那只大的又恰恰是他最厌烦的大蓝鸽角箱。虽然阿诺克斯很机敏，懂得巧妙地应用躲闪术，但还是败下阵来，因为角箱比它的身型大一倍，体重差不多重一倍。

没多久，比利就知道它们相斗的缘由了，是为了一只血统高贵的小母鸽而战。真是英雄难过美人关呀，只为那娇俏的小美人，高傲的鸽中王子也顾不得什么身份地位，竟然和一只没用的家伙争斗得不可开交，真是笑话呀。比利把阿诺克斯为情所困的故事讲给俱乐部的人听，大伙直呼阿诺克斯太单纯，恐怕不是大蓝鸽的对手。大伙没有猜错，大蓝鸽恃强凌弱的霸王本事在鸽房里是出了名的，而且这家伙的嫉妒心又特别强，总看不过能干的阿诺克斯拿第一，所以它们之前的关系就一直很僵。或许就因为知道阿诺克斯喜欢上了地位高贵的小姐，所以大蓝鸽硬是要跟它抢，故而就有了它们打架的那一幕。这下惨了，英雄小鸽王为了白鸽小姐即将陷入一场殊死搏斗中。比利总归是爱鸽的，也是个慈悲、心肠极软的养鸽人，虽然他不怎么喜欢大蓝鸽，也见不惯它那种恶霸行径，但绝不会因此而折了大蓝鸽的脖子的。只是在他看到这种情况发生时，尽可能地把心偏向他的宝贝鸽阿诺克斯。

鸽子的婚姻和人类有些相似，而且是一夫一妻制，以建立一个温暖而幸福的小窝为最大追求，所以成婚后的信鸽，业绩就更为突出了。因为它们心中有家了，总是"归心似箭"，自然更卖力、更用心地去完成任务。通常，它们遇上心仪的对象，就会去接近。但很多时候，为了配对后产出的幼鸽血统优秀，饲养员会强迫优秀的鸽子待在一起，一段时间后，它们自然会日久生情，水到渠成。比利见这批鸽子已由当初的幼鸽逐渐发育到成年鸽的阶段了，而他宠爱的宝贝阿诺克斯既然对那位小母鸽有兴趣，就成全它吧，反正那只小母鸽的血统本来就很不俗。于是那位高贵的小白鸽公主就让比利划为阿诺克斯的"压寨夫人"了。比利让它俩待在一个小房间里足有两个礼拜，为了保险起见，他还把大蓝鸽与另外一只普通的小母鸽关在另一个小房间里，同样锁了两个礼拜。

不久以后，成绩出来了。那只血统纯正的小母鸽向阿诺克斯臣服了，而那只普通的小母鸽也依从了大蓝鸽。它们两个鸽子家庭开始忙乎于筑巢，准备哺育后代了。似乎一切都如故事里面说的那样：从此，王子和公主过上了幸福美满的生活。但事情并不那么简单，由于大蓝鸽长着出色的外表和难得的体型，非常吸引异性；再说它还总不安守本分地把自己胸前那嗉囊吹得很鼓胀，雄赳赳地在太阳底下散步，不时地把它脖子周围的羽毛岔开。如此一来，有哪只母鸽不为之心动呀？就算是一只钢铁铸成的母鸽，多半也会为它那潇洒的姿势和英俊的外表所迷惑。因而，"王子和公主"续集的序幕便顺理成章地拉开了。

在现实中，有些事的确不太公平。阿诺克斯王子虽然本领超群，体格也因"久经沙场"练得相当壮实，然而再怎么样，它那天生的小骨骼怎么也比不过大蓝鸽的大体格。除了那双明亮有神的眼睛稍能显现阿诺克斯王子的魅力外，就没什么特别出众的外表了。此外，一个更不好办的事实摆在了这位可怜王子的面前——它身兼要职，多数时间是在外面执行相当重要而且非它莫属的任务；而那只大蓝鸽除了成天在鸽房周围显示它那中看不中用的羽翅外，基本就无事可做——它是出了名的懦夫，比利不放心交太多任务给它。

我们知道，很多动物仿佛天生就接受过儒家思想的教导，在道德上做得特别好，而它们中最为出色的就是鸽子了。它们不管对什么都是认真、忠于职守的，尤其是对爱情，坚贞不渝，真是做得很完美。当然，它们的世界和人类一样，难免也会出现例外，不是说"龙生九子，各有不同"吗？而堕落、无耻和诱惑又恰恰安排到了优秀的阿诺克斯身边。它根本不知道它的爱妻早已被大蓝鸽的殷勤打动。这仅仅是开始，到后来，在需要阿诺克斯到外面执行任务的空当，可怕的事情发生了。

一天，阿诺克斯刚从波士顿回到鸽房，正好撞见大蓝鸽强占了它的小家和它的爱妻，当然气得冲了过去。这场战争的唯一观众是它们的太太，但这两位软弱的妻子谁也没有理会谁，从开始到最后，双方一直都保持着井水不犯河水的冷漠态度，似乎谁也看不起谁。阿诺克斯伸展开那双印有无数光辉业绩的臂膀开始向大蓝鸽进攻。可这算不得什么好武器，虽然现在可以说这双翅膀被二十条骄人纪录映照得光芒万丈，但它的嘴和爪子都太小太小，而它的热血和飞行时那种坚韧不屈的精神是不能弥补自身体积和重量在战斗中的弱势的。显然，这是场对它很不利的战斗。

一波未平一波又起

　　阿诺克斯的妻子对于这场打斗并不在意，静静地蹲在自己的干草窝里，一副漠不关心的样子。要不是比利及时阻止，可怜的飞行王子一定会命归黄泉的。这可把比利气得直扑过去抓大蓝鸽，恨不得一把将它的脖子扭成大麻花，而那个肇事者却狡猾地溜到一边去了。为了抢救阿诺克斯，比利也顾不得那么多了。比利将阿诺克斯精心护养了好些日子，才使信鸽王子复原。而这事发生后不到半个月，也就是阿诺克斯身体刚好没多久，它的任务又来了，又得上路了。在此，我们又能看出阿诺克斯不但身体上的伤口愈合了，心理上的创伤也渐渐好了——在它心情平静下来后，就已经完全原谅了妻子的不忠。我们看到它又像以前一样开始安顿自己的鸽巢，不断地往小窝里衔回干净的干草，并没有什么特别的过激行为。与此同时，它当月的业绩又上升了，还创下了两次新纪录，即在八分钟内带回了十六公里以外的消息，速度快得惊人；还有一次从波士顿返回来只用了四小时。可以猜想，它在外出的每分每秒无不想念着家，是家在支撑着它，推动它加快前进。如果它的爱妻能够体会到这样的一颗心的话……啊哦，我们可怜的阿诺克斯，哪会知道在它又一次返回时竟然发现妻子又一次和那个暴徒、混蛋大蓝鸽混在一起。长途飞行后的阿诺克斯虽然很累很累了，但还是对大蓝鸽发起了坚决的进攻。这一次它非常拼命，要不是比利及时干涉，我们就再也听不到它后面的故事了。比利把两个小家伙分开，然后抓住大蓝鸽，将它关进了一个特制的笼子里——专门惩罚劣性鸽子、关它们禁闭用的。比利甚至还动了把它除掉的念头。

这事发生的半年前，比利接到一个不限鸽龄的有奖竞赛通知。这是一场从芝加哥飞往纽约，路程长达一千四百多公里的比赛。比利对阿诺克斯的飞行技能很有信心，所以早早就为它报了名，结果没想比赛都快开始了，却发生了这样的事。比利有些担心阿诺克斯的情绪和身体状况，有了让阿诺克斯退出比赛的想法。可他的朋友都在这只品质优秀的信鸽身上下了很高的赌注，所以都认为它不参加是不应该的。所以比利只得勉强同意专为阿诺克斯参赛准备的训练日程如期不变。

比赛迫在眉睫了，参赛的信鸽被火车送到了芝加哥，在那儿它们将根据主人的随机抽签定下飞行的时间组。在阿诺克斯那一组比赛开始时，它却远远落后于其他选手。比利估计这次比赛没有胜利的希望了。这果然是一批优秀的信鸽，从出发地到芝加哥城外的很长一段路程，它们都没有浪费一点儿时间。而在最初放飞的那些鸽子中，有好些出于本能结伴组成了一队快速前进的鸽群，并循着相同的路线一齐前进。

成熟的信鸽在跟随鸽群飞行时，可能会很自然地让大队排列成一条直线。也就是说，它们飞的路线会很直很直，但是当沿着曾经认识的一条路线往回飞时，那只鸽子往往会以自己脑中的路标为依据，这就是信鸽天生的方向感在起作用了。参加这次比赛的信鸽多数已在主人的特别训练中熟识了往返的路线，知道绕道哥伦比亚和布法罗的路线。飞行王子阿诺克斯就认识哥伦比亚的路，同时，出于曾经送信的经验，它也知道底特律的路线，所以，在随大众离开密歇根湖后，它就以自己的方向感向底特律飞去了。这样一来，它开始的落后就化为过去了。它追上了飞在它前面的所有选手，同时还领先第二名好几公里。渐渐地，底特律、布法罗、罗切斯特和它曾经飞过的高塔楼顶和烟囱，都一一消失在它身后了。很快，锡拉丘兹就近在眼前了。现在，它已在十二个钟头内飞行了九百六十公里，谁也不会有它这能耐的，冠军不用说又会被它轻松拿下的。可在这次的飞行中，它觉得口很渴，在越过一座城市的屋顶时，看到了一间小鸽房。通常这种情况下，它只需在那里落下，借那里朋友的水喝喝，一切都会解决的。

这一次，它也这样做了。只见阿诺克斯在屋顶上空绕了两三圈后，就轻轻落在了那间鸽房上。它跟着回房的鸽子们走进了鸽房，并就着放置在那里的水槽毫不顾忌地喝着水。但是它不知道，这一切被鸽房的主人看得一清二楚。他悄无声息地走到一个可以观察阿诺克斯的地方，看到阿诺克斯正用鸽子特有的姿态展开一只翅膀向他的鸽子表示什么时，那翅膀上记录的一长串代表它英雄业绩的印记显露了出来。这个养鸽人顿时对这陌生的来客产生了兴趣。他赶忙拉下鸽房门，阿诺克斯便沦为了阶下囚。

捉住阿诺克斯的盗鸽贼展开那对记满高尚荣誉的翅膀，仔细阅读起来。当他的眼睛扫到腿上那银徽章时——现在它应该是金徽章了——他读到了这个名字：阿诺克斯。突然他一声惊叫："哎呀，原来你是阿诺克斯呀！我认识你，阿诺克斯，你可是难得的鸽中王子。哦，小王子，真高兴我能得到你！"接着，这个贼就持起剪子，将它尾巴上的消息剪了下来。他展开卷纸，只见上面写道："阿诺克斯于今天凌晨四点离开芝加哥，在不限年龄段有奖竞赛中飞往纽约。"那人读完后，掐指算了算尖叫道："乖乖！十二小时里就飞了九百六十公里，上帝呀！你真是破纪录的天才！"随后，这个偷鸽贼就小心翼翼地将这只还在挣扎反抗的小信鸽送进了一个铺了很厚很软的羽毛垫子的华丽小笼里，然后近乎虔诚地说道："好啦，我知道你的脾气，就算我再怎么努力也别想换得你的心。但是我希望你能给我造出一两只像你这么优秀的鸽宝宝，培养一些有你这种特别血统的鸽族，我也就满意了。"

不久，阿诺克斯又被关到了一间相当舒适的大鸽房，里面还有一些像它那样的囚徒，各种色彩，各种血统，有的还像是外国品种。看来他是个惯偷了，只是从他为鸽子们精心布置的居住环境来看，应该说他还算个不错的信鸽发烧友。在所能想到的饲养信鸽的最好条件上，只要能够保证鸽子们的舒适和安全，他都愿意去尝试。阿诺克斯就在它认为最时尚、最豪华的鸽房里关了整整三个月。起初，阿诺克斯几乎什么都不做，只是焦急难安地在鸽笼里来回走着，眼睛四处寻找可以供它逃走的某个漏洞——当然这是不可能有的。到了第四个月，可怜的鸽中王子开始沮丧了，对离开这里几乎已经绝望。同时，那个盗鸽贼很有经验地开始实施他的第二步计划了。

盗鸽贼不知道在什么时候往阿诺克斯的笼子里放进了一只腼腆的小母鸽，但是这对阿诺克斯来说没有用。这个爱家的信鸽小王子对这位新来的异性并不礼貌。一段时间后，那个盗鸽贼看小王子从来没有正眼瞅过这只母鸽，认为是母鸽的魅力不够，只好把它从笼里取走了。但是他并不会轻易放过信鸽小王子的，他又让小王子独自在那个小笼里待了足足一个月。

后来，不死心的偷鸽贼又陆续往阿诺克斯的笼子里放入不同的鸽姑娘，但结果是全给拒绝了。在这一年里，阿诺克斯对待不断出现在它面前的鸽小妹，不是粗暴地排斥，就是不屑一顾，再加上这奇怪的偷鸽贼换着花样地对它献着殷勤，促使它逃跑的念头复燃了。所以总是能见到它用几乎是最大的力气在钢栏里扑打冲撞，有时还能看到它使出全身力气向笼顶冲去。

这时候，阿诺克斯翅膀上记录的光辉历程已开始因每年一次的换羽慢慢脱下来。那个偷鸽贼的心思就转到了收集这些珍贵的羽毛上，他要把它们作为稀世珍宝积攒起来。同时，当它又长出新的羽毛后，他又会在原先的位置为它修补上曾经的荣誉纪录。

一晃就是两个年头，偷鸽贼已将阿诺克斯换到了另外一间崭新的鸽房里，同时放入了新的小母鸽。天啦，这只小母鸽居然长得和阿诺克斯的爱妻一个模样。阿诺克斯的眼睛顿时发亮了。"难不成，你是我家那位的妹妹？"阿诺克斯一边这么想着，一边打量着这位鸽姑娘。偷鸽贼第一次看到最顽强、最难搞定的信鸽王子竟然会对这位美丽的鸽姑娘稍加注意。不错，他确信还看到阿诺克斯在为修筑一个新鸟巢而开始忙碌。过后的几天里，偷鸽贼开始推测它们的爱情进展情况，最后推测到这两个小家伙已达到完全理解的状况时，便破天荒地开启了鸽房大门，宣布阿诺克斯自由了。

　　此时此刻的阿诺克斯会不会犹豫呢？会不会因为有了新夫人而留恋这个"新家"呢？不，绝对不会有这样的事，它半秒钟都不会多想的。当鸽舍门开出一条小缝的瞬间，就见它立刻找回了从前的灵敏一般，嗖地挤了出去，然后张开那双印满荣誉的翅膀冲向了天空。它绝不会对这令人生厌的牢笼产生感情的，它要的是自由，现在它有了自由的机会，就必须快速离开，离得越远越好！

信鸽小王子要回家啦

我们无法懂得鸽子的心思，但可能自以为已透析到它们内心深处的爱和那种对回家的渴望心情。不过，有一点，我们的看法是对的，那就是不得不让我们倾泪渲染的，不得不让我们用最热烈的掌声和最深沉的敬仰来赞颂的这美妙的爱家之情。此情是上帝赋予的，并深深蕴藏在这娇小却伟大的鸟儿身上，难以遏制。只要你愿意，怎么诠释它都行；只要你愿意，怎么称道它都行。让我们进一步地剖析它、赞赏它，只要它在那里，在那颗小小的勇敢而不屈的心脏里，在那双勇往直前的臂膀中，家对于这小家伙就会有无法抵挡的力量、永不消亡的力量和掌控它不畏艰险、拼死去完成各种任务的力量。

家，多么温馨甜蜜的地方！再不会有比阿诺克斯对家更强烈热爱的小家伙了。这种天性已支配它忘记了曾经在那间鸽房里所遭遇的委屈和悲伤。两年的囚徒生活，新的爱恋，对死亡的抗争，对自由的热爱，没有什么能够削弱这种力量。如果阿诺克斯拥有夜莺那样的歌喉，那么我们一定能够听得到它放声高歌出的动人旋律。就像一位英雄凯旋后沉浸于自己最大的喜悦中那种歌唱一样，我们也会为之欢喜并送上庆贺美酒的。当它冲出囚牢，自由地向上盘旋，重新找回展翅翱翔的感觉时，其中唯一的动力也就是那对绘满荣誉纪录的翅膀给它带来的，回归最亲切、最美丽的天空的自由感。向上、向上，在碧蓝的天空中它要飞得更高、更快、更远，直到它看上去就像喷射式火箭带出的一团团火焰；向上、向上，努力向家的方向飞去，要早日飞回去，去见它唯一的、真正的家。是的，它是忠实于生它养它的那个家的，忠实于它那天仙般美丽的娇妻的，即使她曾经对它有过不忠。回家啦，回家！闭上双眼，堵上双耳吧，最后再关闭你所有的思想闸门吧！我们都知道，对眼前这一切，对它这两年的囚禁生涯，还有那已流逝掉的青春，只有在这广阔的蓝天中飞翔，才能唤醒内心那个已沉睡了两年的自己。此时此刻，从树端末梢传来约三百米外难得的、不可思议的沙沙声。阿诺克斯现在正如刚离弦的箭一般地由南方急速向东南方前进着，那双节奏分明地扇动着的翅膀就如闪烁的白色闪电般很快消失在低空中。哈哈！从此那个锡拉丘兹盗鸽贼再也不可能见到信鸽小王子阿诺克斯了。

一列特快火车正喷着蒸气向山谷疾驰而来，但转眼间，阿诺克斯就追上并遥遥领先于它了。这时候野鸭正飞过凫水的小田鼠，阿诺克斯高高地穿梭在这些山谷中，飞过座座青山，掠过片片在微风中波澜起伏的山松。这时候，殊不知一只目光犀利的大鹰正从前方的橡树林中盘旋而来，它已经盯上这位航天战将了，并准备拿它做今天的开荤大餐。阿诺克斯应该也看到它了，但它并没有躲闪，飞行和刚才一样稳定，没有一点儿偏左，也没有偏右，没有降低飞行，也没有升高，翅膀还是那样有节奏地扇动着。鹰已停在前面的峡谷，翘首昂视；而它呢，毫不犹豫地向前进，前进，就像一头初生的牛犊挺胸抬头从拦在路中央的凶猛的大虎身边走过一样。家，是家，还是家的力量！这个唯一鼓励支持着它前进的力量，唯一能让它冲破一切，勇往直前的地方。

飞呀，飞呀，努力翱翔，那双振动的飞羽一刻也没有耽搁，带着它的心灵和思想飞驰在已经渐渐熟悉的道路上。再飞一个钟头，就一个钟头，卡茨基尔就会展现在眼前了。两个钟头过后，它会再次见到那座城市，那些多么亲切的老地方都将——扑向它的视野，向它的臂膀注入更强大的力量。家，阿诺克斯要回家啦！这是它心里默默哼着的曲调，它那钻石般闪亮的眼睛似乎已看到了曼哈顿升起的缕缕炊烟。

那只大鹰，从卡茨基尔大峡谷的山顶上冲下来了。这是闻名于空中，号称世间最敏捷的大盗，它拥有骄傲的力量，它正展开的臂膀让它信心十足，"啊！面前这位高贵的猎物，我已等候你多时了！"在它的鹰巢里，不知道存放有多少只信鸽的尸骨，现在它又要发动攻势，向新的猎物展开"怀抱"，流下贪婪的口水。哎呀，这样的场景它已记不得出现过多少次，当然它也懒得去记，因为里面的主角都是它，它能掌控故事中的一切。下降！飞速下降，时机已到，瞄准，俯冲，没有一只野鸭，也没有一只鸽子能够逃出它的魔爪，因为这里是它的地盘，它是著名的猎鹰，它的凶猛快捷是远近闻名的。求求老天救救它吧，救救这位鸽中英雄吧！不，只有它自己能救自己。阿诺克斯，快，快回头！请珍惜你宝贵的生命吧！快绕过这片危险的峡谷，返回，返回！它调头了吗？唉，没！你忘记它是阿诺克斯了吗？

家！家！阿诺克斯要回家！这才是它小小头脑里装下的语言。它加速前进，也意味着它加速走向毁灭，但它一点儿杂念也不带地还在加速！霎时，那只鹰突然转向了！难道它屈尊了，被这位小英雄的勇气吓住了吗？一团白色闪过，一片洁白的光忽闪而过后，鹰竟然什么也没做，返回去了。阿诺克斯就像一块被谁抛向远方的石子儿一样，从山谷嗖地一下穿过，瞬息就没了踪影，之后就见到低空中有一个带着闪亮光点的活动体，偏偏倒倒地出现在海面上，然后顺着哈德逊山谷慢慢往下移，最后来到一条很老的航线上。这是阿诺克斯两年前见过的航线，在这里它曾立下过多次功绩。此时的小白鸽就正向那里，那个它熟悉的地方滑落。现在正是午后，微风从北方吹来，它身下蓝色的河水清波荡漾。家！是的，家！阿诺克斯的家！它沿着河岸继续滑过，现在它已经掠过波翻浪涌的大蜘蛛桥了。风又起了，它坚持着，沿着堤岸低飞，近了，是不是又近了！哎呀，它飞得好低呀，真的太低了！

在这六月的天空，又有谁能料到还有比那大猎鹰还醒龊的恶魔埋伏在那座山的树林口？又有谁能料到那混账的目光刚刚好望上了那朵正往远方飘浮的洁白云朵——小白鸽？唉，也怪阿诺克斯，我们的信鸽小王子，我们的鸽中英雄，它怎么就忽视掉了持枪歹徒？它飞得那么那么低，在通过那座山时就开始往下降了。太低了——什么事都能发生！

"砰"，枪响了，一缕火烟闪过，子弹飞向了它。它中枪了，受伤了，但意志没有使它跌落。一部分绘有代表光荣纪录的羽毛在飞快地挣扎振动中缓缓飘到了地上，都是两年前的纪录，像记忆的碎片一片片地飞走了，它的海洋飞行纪录也没有了。曾经它的羽翼上印有三百三十公里的纪录，可是现在，全读不到了，它连飞三十三公里都很吃力。唉，耻辱呀！自从胸口蒙上那个带铁锈的闪亮光点后，它就再也没有创过那样的纪录了，就是普通鸽子飞的路程，对它也很为难了。不过，它是阿诺克斯，是我们坚强的信鸽英雄，要是换成别的谁，早就和那些羽毛一起落到地面了，而它还在继续前进。家呀，是家呀，家！它不屈不挠地向着家的方向扇动着羽翼。危险瞬间过去了，枪声消失了，大猎鹰飞走了，蓝蓝的天空只剩下这位拼命赶往自己家的信鸽小王子。它像从前一样向着回家的航线径直飞行，只是曾经那奇妙的高速度开始变化了，变得越来越慢，现在不是一分钟一公里，而是个连它自己也不能接受的速度。从它那七零八落、残缺不全的飞羽中传出的声响也越来越大，它太吃力了。阿诺克斯胸口那块忽闪忽闪的铁锈光点像吸法大魔一般贪婪地吸食着它的力量，让它渐渐衰弱；但它坚韧依旧，照直飞行。家，它两年中日思夜念、频频入梦的家，现在就在它的视线中了，它胸口上的剧烈疼痛已变得不那么重要了。当它掠过泽西岛的悬崖时，城市高塔已清晰可见。好吧，继续前进，加油！它的飞羽显出了疲惫之意，它的眼睛有些模糊，但是我们得肯定，它要回家的心却变得更加强烈和坚定！

为了避开大风，它掠过咆哮激荡的水面，穿过丛丛树林，从帕利塞得悬崖下的鹰巢下面飞过，又一次穿过空中强盗的城堡。它心中其实很清楚，那些狰狞的大鹰就住在那里，它们说不定早就瞅中它了。阿诺克斯对这群蒙面大盗的认识已经由来已久了，它的好多同伴都是在带信的途中不幸落入了那个充满邪恶的城堡，再也没有返回过，那里一定还留存着载有优秀纪录的羽毛碎片。阿诺克斯恍惚看到一片片附有同胞血和泪的飞羽正从那些鹰巢中飘舞过来，难道是它们的灵魂在提醒它小心，小心呀！但是这对阿诺克斯来说算不得什么，两年前它就多次从这里平安掠过，它有的是速度！现在，它得像从前一样，坚决地前进，前进，加速地向前冲刺。可问题是，现在的它不再拥有从前那个速度了，那致命的一枪在它身上不断地发挥效力，越来越猛。它的速度倒是很快，是下降得很快呀！向前啊，向前……可那群可恶的强盗大鹰，像箭一般闪电似的蹿出，它们在用强悍和敏捷对付这个相当虚弱和疲惫的小家伙。

　　绝望！后面发生的一切不必再讲述了，那颗小小的但拥有难以企及的勇敢的心，在看到它时时想念、盼望回归却不可及的家的那种绝望之情，真的没必要再说下去了。瞬息，一切都结束了！随着那群强盗发出刺耳的尖叫，宣告可怜的阿诺克斯的命运的那一刻，我们也知道了发生了怎样的——悲剧！

　　鹰，是花梨鹰，那群猛禽，曾经遍布美国南部哈得逊湾的空中强盗，高唱着庆祝的乐章，飞回了自己的城堡。它们爪下就是小英雄阿诺克斯的遗体，它的一世辉煌在那群强盗面前不过是一具躯壳。在岩石上，尖尖的黑色嘴壳和那些锐利的爪子，附上了这只可怜白鸽的鲜血。信鸽小王子那对天下无双的羽翅被撕得七零八落，上面记载的数十条创世纪纪录也纷纷飞往不为人知的角落。在暴雨狂风中，这些辉煌事迹依然静卧在那些角落里，直到那些暴徒也被杀死，还有它们驻扎多年的堡垒被洗劫一空。

　　在这之前，大家已将阿诺克斯渐渐从脑海里清除。时间呀，这无情的时间飞逝而过，速度要比我们想象得还快。在这期间，不知道后来又有多少如阿诺克斯般的小英雄承担下了它兄弟的任务，继续去创纪录。可谁又想过一下从前的那只阿诺克斯的命运呢？直到有一天，有人在尘土飞扬的老鹰旧巢的废墟深处，在那堆散落的无数信鸽羽毛的中间，发现了那个神圣不可侵犯的金环，就是象征着高贵品性的信鸽小王子留下的徽章，上面刻着这样的文字：阿诺克斯·2590C。

银点儿

——杰出的乌鸦队长

乌鸦队长和它的松林

有多少人能够真正了解这些野生动物呢？哪怕就是那么一只也好。这当然不是说偶尔见到的那么一只，或者你家笼子里喂养的那一只。我指的是当它们在野外生活时，你对它有着长时间的、百倍用心的观察和了解，对它的生活、经历和内心思想都了如指掌，就像你也是它们中的一份子，或者你就是它一样。但问题是，我们就算很想去体会或融入它的生活，也会因为难以把你刚瞄好的那一只与它的同伴区分开来而苦恼。比如：你就不一定能在两次与一只狐狸的相遇中，断定它真的就是上一次遇见的那一只；乌鸦也是，你能从一群飞动着的乌鸦中，找出刚才它们在树上休息时，离你最近的那一只吗？当然其他动物也会是这样，因为它们长得实在太相似了。不过，你若稍加留心，就能发现它们中有那么一只分外显眼，它格外强壮、表现也异常灵敏和聪慧。过不了多久，它就会变成群体中的统帅，或者说它就是一个天才。要是这个天才正好又属于体形高大威猛、智商超群型，或者身上的某一处生有什么与众不同的斑记，那么它就能很快被人熟知，并且成为当地的焦点动物，被人们记住，甚至会将它的英雄事迹载入史册。这也算是它用一种特别的、并非教条古板式的语言在向我们证明：野生动物的世界是多姿多彩、充满活力的。毫不夸张地说，只要你能够对野生动物产生那么一丁点兴趣，用不了多久，你准保会被它们带给你的妙趣横生的生活所迷醉，从而会无法自拔地去挖掘、探索其中更多的精彩！

在它们中，有一只名叫科特兰的断尾狼。它在十四世纪初的巴黎片区，足足做了十年的大王。不要说小动物，就是那时的人听到这名字也无不畏惧的。破脚灰熊克拉福也算是头了不起的野生动物，它仅用了两年光景就毁掉了萨克拉门托河流域的所有养猪场，让那里近一半的农户破产。还有狼王洛波，在它统治的几年里，新墨西哥的喀伦坡大牧区，每天都会有丧命于它爪下的牲口。另外还有黑豹索尼，单单两年光景，它就让二三百条生命停止了呼吸，其中还包括人类。当然，银点儿也属于这个出类拔萃的野生动物群中的一员，虽然它不至于像黑豹索尼、狼王洛波那般爱好杀戮，但它的智谋并不会在它们之下。现在我就将我所知道的有关它的故事统统讲述出来，像展示我收藏的宝贝那样，尽我所能地将其中的乐趣与你们共享。

银点儿是一只聪明能干的老乌鸦。"银点儿"这个名字，是从它与众不同的外貌特征中得来的——在它的右眼和嘴角间有一个银色的斑点儿，约莫有一枚一元硬币那么大。也正是因为这个斑点，我才能很容易地将它从鸦群中区分出来，也才决心大胆收集这无数故事，而不用去担心哪次因为认错了老乌鸦而导致记录失真。

大家一定听说过，曾有位科学家研究乌鸦的智商，结果发现它们比狗、海豚等人们公认的高智商动物还要聪明，可以说与人类都很接近。它们深知组织的重要，甚至比某些士兵的军事素质都要好。乌鸦群就像个军团，它们需要打仗、需要轮班站岗，为了组织的安全，总是高度警惕、团结一致、互爱互助。通常，勇猛善战的老乌鸦会是它们的领导者，因为这样的老者不仅生存经验丰富，而且智慧也是超群的。如果有不服气的小乌鸦想打破这个规矩，那么对不起，老乌鸦会请出它的智囊妙方，同时辅以必要的武力对其警告——不团结、不听从就是死路一条！因而，那些年弱体衰、天生愚笨的乌鸦就不得不乖乖听命于这位老者。

银点儿就是一个素质很好的乌鸦部落的部长。它们的根据地就安置在多伦多附近的弗兰克堡，位于城市东北郊的一座松林小山上。前面我提到过一些有关银点儿的本事和智力，可是让我不明白的是，它为什么不让它领导的鸦群再扩大一些，比如让现在的二百多只变成五六百只，说不定在对付进攻者上也会增加好几倍的力量。可是银点儿却不。它总是有自己特别的战略方针，比如它那个和一般鸦群不一样的习惯——总是绕着一个叫登达斯山的地标活动。在尼亚加拉河附近过冬是很明智的，因为那里比较暖和；但是也难免会遇上寒冬来袭、冷风难挡的时候，银点儿就会果断地带领鸦群向南方飞去。不过，到了第二年的二月末，银点儿依旧率队回到家乡，尽管道路崎岖艰难、布满危险，它也坚持要这么做。在尼亚加拉河和多伦多之间有大约六十四公里宽的水域，要是一般的鸦群会直线飞过去，而银点儿却总是带着队伍绕着弯子向西飞去。也就是说，它要队伍严格遵照它们的地标——登达斯山方向前进，从那里返回到那个松林覆盖的老家。它们在这里往往只会过上六个星期的安稳日子，然后余下的日子就得听从银点儿的指令——兵分三路，各尽其责了。一路会往南飞，去阿什布里奇湾；一路会北上，去往唐河；另外那一路，鸦兵特别多，自然由银点儿带往西北的深谷。它们的任务只有一个——筹集粮食。你们可能会问，飞往南方和北方的两路的头头是谁呢？这个我很难说得清，因为我没有在它们身上找到像银点儿那样明显的斑记，眼角没有、头顶上没有、翅膀上也没有，通体黑黑的，所以我很抱歉不能回答出这个提问。

它们总是很早就出发，只要没有风，都能飞得很高很高；就是遇上强风大作的天气，严守军规的鸦军们也不得清闲，得避开风势，沿着河谷低低地飞行。我很幸运，从家中的窗户望去，正好能够俯视整个河谷，所以，当然很容易看清这群鸦队的行踪。我第一次注意到它们的时候是一八八五年，那时我刚搬到这里。不过听一位在这里长大的居民说，银点儿率领的这队乌鸦已在这里飞行了差不多有二十个年头了。

虽然我来到这里时，河堤四周已安顿下了很多像我这样的旅人，也有一些是喜欢这里的安宁而搬来定居的，还有的是看好商机而来的商人。总之，人们的到来让这里逐渐繁华，房屋、桥梁建得越来越密、越来越高大，几乎把从前的河谷重新打扮了一番。而老鸦依然坚持自己的原则，即带领鸦队专心致志地沿着原路飞行，绝不改航。我的窗户只能看到那片河谷，正因为银点儿对地标的执着，我才有幸能经常在河谷上空观察到它们。不久之后，我们也自然成了老相识。我知道它们在每年三四月的时候就要频繁地往返，一到夏末秋初时节，它们也会飞过来飞过去。它们需要在这段时间多"采购"一些粮食，以备大雪纷飞的冬天无法再飞行时享用。我也趁这几个月细心记录它们的行动，认真分析银点儿对它的部群发出的指令。于是，我再一次地肯定这一理论：乌鸦虽然是个小小的种族，但它们却极为聪明！它们拥有自己的制度和独特的语言，并以此进行组织行事，这和人类的某些方面很相似，甚至比人类做得还精准完美。

那天，风抚弄着它们的羽翅，时而把它们吹得上下抖动，时而把它们吹得向后扬起，仿佛乌鸦的黑羽在进行着有节奏地呼吸。有时风还会吹得一只只小鸦都快散离了队伍。大风呼呼地吹个不停，而银点儿仍飞在队伍的最前面，率领着长长的鸦军往家赶。我刚好站在横跨河谷的大桥上，细细地观察着这一切，看着老银点儿和它的鸦军是如何对抗威武的"风将军"的。大约离河谷还有八百米的时候，我就听到银点儿在给大家打气，好像是在说："顺风前进，大家加油。"它后面的副官也跟着重复：

图一

后来，它们可能为了避风，就慢慢将队伍压得离地面很近。但当它们要越过我所站的那座大桥时，又不得不飞高一点点儿。警觉性很高的银点儿已经察觉到，桥上有一个全神贯注地注视着它们的人——我，便紧张地停止了前进，仰天大叫着："警戒！留心下面！"

呱

图二

一眨眼工夫，银点儿便带着队伍向更高的天空飞去。几分钟过后，经过它细心观察和斟酌，觉得我并不是那类危险的人——苕枪的猎人，便又大胆地飞过我的头顶，距离大约六米。它的小将们也跟随着，一边飞过桥，一边降到原来的高度。

第二天，我突然想和它们开个玩笑，便带着手杖站在桥上同一个地方。当它们靠近时，我便将手杖对准银点儿……

"躲！"警觉性很高的银点儿，在我举杖的同时，就叫了起来。

嘎

图三

随后它们飞快地腾飞到比上次躲闪还高十五米的地方。我知道，它是只极聪明和经验丰富的老鸦，所以在它明白我手上拿的是一支射不出子弹的"枪"以后，便和昨天一样，带着部下毅然地飞过了桥。

到了第三天，我便真的带了枪去，依旧用昨天的方式对着老鸦。这时，效果就出来了——"小心，危险！枪！"银点儿大呼，它的副官也立即响应，重复了它的话。

嘎 嘎 嘎 嘎　　　呱

图四

这时的鸦队便齐刷刷地跃向上空，同时分散躲避，直到飞到枪打不到的地方，才谨慎地往桥这边飞来。这时候的队伍全乱了，但等大伙都平安过桥以后，队伍又整齐划一地朝着低矮而险峻的河谷飞去。它们这是要寻求大自然的庇护，因为河谷和枪的射程差了十万八千里。

记得有一次，我用同样的方法和它们开着玩笑。当它们又长又乱的鸦队沿着河谷低飞时，没想到一只红尾鹰正好落在预定线路旁边的树丫上。银点儿忙拍打着翅膀叫道："鹰！鹰！"

呱　　　　　呱

图五

银点儿叫完便立刻停止不前了，后面的随从也紧跟着它停止飞行。大家一个挨着一个，顿时密密麻麻的黑鸦阵就列在了红尾鹰的面前。面对这种阵势，一般的鹰是不敢轻举妄动的，所以红尾鹰把头转向一边，只当没有鸦群这回事儿。而乌鸦们也勇气十足，再不用担心被鹰伤害了，于是比较放松地飞出了鹰的视线。但，它们毕竟是弱小的鸦类，当飞过不到四百米时，银点儿又发现了一个带枪的人。"很危险呀！快闪！"

嘎 嘎 嘎 嘎　呱

图六

霎时，鸦群四散高飞，"扑哧扑哧"一阵乱飞后，高高的天上只能瞄见一团密密麻麻的小黑点儿了——它们早飞得超出了猎枪的射程。

银点儿发号施令的细微区别是我在与它的长期接触中，逐渐悟出的。而且，有时候因为音调相当接近，常让我感到为难，但看到鸦群的不同反应后，又能明白过来。比如：图五的意思是说鹰或者其他大鸟来袭，而图七的意思却是"转身，快转身"。这明显是图五和图四的结合，即大概是要告诉部队"危险，速撤"。

呱　　　　呱　　　嘎 嘎 嘎 嘎

图七

图八因为声调低、叫声平缓，而且音阶显然是从高到低过渡的，所以表达的情感也会不一样——这是对来自远方同伴的招呼："你好，你好！"

呱　　　　呱

图八

图九是直接告诉鸦群："注——意——呀！"

嘎　　　嘎　　　嘎

图九

到了四月，乌鸦们开始兴奋起来，似乎每天都有新鲜事要发生。这时候，它们不用起早贪黑为了粮食而忙碌，而是飞到松林里，沐浴明媚而温暖的阳光，和三两个玩伴嬉戏打闹，不时还会展现各自的飞行绝技。最为精彩的要数俯冲游戏了。一只或者两三只乌鸦会突然从空中俯冲向一只正在休息或者发呆的乌鸦，但当还差一丁点儿就要碰到那只呆鸦时，它们便猛地向天空中反弹回去，那速度迅疾得都快和光速媲美了。可怜那只被扑击的呆鸦，吓得直扇得翅膀一阵响，像是在向谁呼救。

有一次，我在那里看到一幕动人的情景。一只乌鸦竖起全身的羽毛，羞答答地低垂着小脑袋，一边发出"咯——呜——唔"的长音，一边向另一只乌鸦慢慢地走近。后来，我才明白，它们是在恋爱和婚配。雄鸦在向它的小情人显示自己健美的身姿和动人的歌喉。

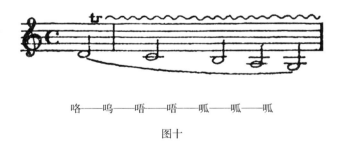

咯——呜——唔——唔——呱——呱——呱

图十

当它们双双坠入情网以后，就会在四月中旬结伴飞往远方的某个村落，进行甜美而幸福的新婚之旅，而这片古老的弗兰克堡松林又恢复了从前的沉静。

银点儿的宝藏

被森林覆盖得严严实实的唐达山与弗兰克堡松林相连，它们与唐河谷有着血脉相通的亲密关系。在这两座大山之间，有一棵上百年的老松树，树顶上有一个被废弃多年的鹰巢。在多伦多，几乎你随便找来一个稍稍顽皮一点儿的小孩子，他都能准确地为你指出它的位置。因为那里实在显得阴郁，周围很少有生命的迹象。不过，我还是曾幸运地在那里打到一只黑松鼠，这是题外话了。照理说，经过这么些年风雨和日光的洗礼，那个鹰巢应该变得破旧甚至垮掉才是。但令人不解的是，它的生命力似乎超出一般鸟巢，居然至今都还那样顽强地挺立在原处，纹丝不动。

五月的某一天，天还没亮，我就独自穿过那片森林，去探寻大自然里野生动物的美丽足迹。脚下的枯叶被露水浸得湿湿的，踩不出一丝声响。当我来到那个有老鹰巢的树下时，不经意的一次抬头却解开了那个谜题。

当时，我感觉似乎有个黑影在眼前一闪，让我惊奇。于是我便向大树用力地踹了一脚，只见一只乌鸦从老巢中飞出。这是我曾经猜测过的，我一直感觉这片森林里有那么一两对乌鸦会留在这里筑巢，现在我知道这猜测是非常正确的——银点儿夫妇就是这样一对乌鸦。这个老鹰巢久而不破是和它们俩的日常维护分不开的。这真是一对精明的搭档，它们住在这种颇具创意的巢里面一定很惬意，而对外，却做出从来没有谁会为它而费力清理的假象。谁也没有想到，夫妻俩已在这个地方和和美美地生活了很长一段时间。就算每天有无数希望打到乌鸦的猎人和贪玩的孩童从这里经过，也都不曾察觉。尽管这一次被我无意发现，但从此以后我就再也没能在这里见过它们，即使我用望远镜看过多次也是枉然。

又有这么一天，我从望远镜中看到一只乌鸦衔着一个硬壳一般的东西飞过唐河谷。它先飞到玫瑰谷溪口歇息了片刻，又继续向前，一直往榆树上飞去。它停在大树枝上，放下那个东西，并谨慎地环顾四周，看看是否有动静。当它转头时，我才发现，它就是那群乌鸦的头领——老银点儿。

几分钟以后，我又见它飞到那东西身边，重新捡起它，并叼到小溪边。后来我看清了，那是一枚白贝壳。而让我没想到的是，在那溪水边，也就是那丛嫩绿的四瓣草下面，它竟然"嗯嗯嗯"地挖出了一大堆贝壳和另外一些白亮白亮的东西。银点儿把它们一个个摊开晾晒，还不时地去翻动，不时地衔在嘴里又放下，摆弄玩耍、点头欣赏，还学着母鸡孵蛋的样子卧倒在上面，真像个守财奴。我想它和人类一样，有自己的喜好和癖性，人类自己也说不清其中的道理。这就像一个男生为什么喜欢集邮，一个女生又为什么偏爱珍珠而不怎么喜欢红宝石一样。差不多三十分钟过去了，当银点儿从它那堆"宝贝"中得到了足够的乐趣后，就开始找来树叶和泥土把它们重新隐藏起来，就像什么也没有发生过一样离开了。

这时，我立即跑过去，翻出它的宝藏想看个究竟。哇呀，银点儿收集的宝贝足可以用一顶大阳帽来装了，这要花多少时间才可以办到呀！我不知道，但可以明确里面都有些什么。它们除了刚才那个白贝壳外，还有其他样式和色彩的贝壳、鹅卵石，还有一些瓶子、盖子和罐头盒片。另外还有一个白瓷杯把儿，我猜想它一定是这堆宝贝中的宝贝了。不过，这虽是我第一次看到这堆宝贝，但也是最后一次了，因为银点儿好像察觉出有人动过它的宝贝，便及时转移了它们。到底它们又去了哪里，我就不知道了，而且是永远地不知道了。

在我关注银点儿的那阵子，常看到它遇到危险又聪明地脱险的情况。比如：它遭受雀鹰攻击那一次和遇上必胜鸟扰乱的那一回。这类鸟儿并非有能力毁掉这只老乌鸦，而是它们的聒噪让老鸦厌恶，不想和它们一般见识。就像一个大人在专心工作的时候，尽可能地避开孩子的吵闹和纠缠一样。当然，银点儿也并非是个绝对纯洁善良之辈。好几次，我都发现它大清早飞到那些小鸟的窝里查看，要是遇上窝里有刚下的鸟蛋，就一口吞掉，就像一个家庭医生需要为他的老病人做定期检查那样有规律。但是我们也不能因此就给它冠上坏名声，想想我们自己，每天早上不也是要吃掉一两个鸡蛋吗？

此外，银点儿还有随机应变、遇事不惊的本事。有一次，我看见它衔着一大块面包，沿着河谷飞过来。但那个时候人们正在围暗沟，已基本完工两百米左右，有一截还差一点儿就封顶了。老银点儿从那里飞过时，不幸得很，嘴里衔着的面包滑了下来，正好掉到暗沟中，紧接着就被水流冲得不见了。但是老乌鸦并没有着急，它飞下来，并很有经验地向黑沟穴里瞅了两眼，随即就想到一个点子。只见它沿着流水的方向往暗沟的另一端飞去，在那里等待着自己的大面包漂过来的那一刻，然后迅速地叼起它，稳稳地衔着，并得意扬扬地继续前进啦！

老鸦的训练课

前面我告诉了大家，在这片虽然危机四伏但食物却异常丰盛的松林里，这位老谋深算又百事通晓的老乌鸦是怎么生活的。而在这个老鹰巢里，它们夫妻每年都要生育一大窝孩子，当大部队集合而来时，它自然成为这里的鸦王。但我还是得说一下，很可惜，我一直都没能从众多乌鸦中区分出哪一只是鸦后。

六月底，就是乌鸦大部队集合的时间。这时的小乌鸦已与它们的父母几乎是一般个头了，个个展着幼嫩的翅膀，娇声娇气地嬉闹着。它们跟随着长辈飞向老松林，进入它们的世界、它们的学校。这所松林学校让它们学得群居的安全，学得停息在高而隐蔽的树枝间才稳妥。在这里，它们不但学得生活中各样成功的秘诀，还认识到即使一次极小的疏忽所致的失败都可能意味着生命的终结。

开始两周，小乌鸦们相互熟悉，因为每一只乌鸦得认识鸦群里的所有成员；它们的父母也借着这个时候稍作休息，再说它们已基本完成了做父母的抚养责任，该让孩子自食其力了。这时，你就能看到一排排的小家伙栖息在一根树枝上，很是有序。

这之后的时节就是换羽期，老乌鸦会在这段时间里进入焦躁的"更年期"，但你也不用担心它们的不安情绪会影响到小乌鸦们的训练日程。不过严格的训练难免会有惩罚和责备，那些在鸟窝里被娇宠惯了的小乌鸦有时候会感到不适应。然而，有丰富教学经验的老银点儿遇上这样的小乌鸦时，就会拿出老话来告诫它们："这都是为你们好呀！"

从老银点儿每天早上对孩子们的亲自授课来看，它的确是一位很出色的导师，虽然我不知道它的演讲内容是什么，但从小乌鸦们听得专注的模样也可以猜测出那是堂妙语连珠、生动有趣的课。集中授课结束以后，它们就会很有序地按照年龄和体力分成三队，由自己的父母带领着，进行粮草的筹集工作。

　　秋天到了，草儿和落叶树悄悄地由绿色变成了黄色。而小乌鸦们也在松林校园里茁壮成长，不光是掌握了乌鸦必须要学的技能，身体也开始有了变化。比如：它们的眼球由淡蓝色的虹彩变成了深褐色。这种变化标志着它们不再是只知吃喝的嫩鸦，而是稳重得体的成年乌鸦了。这时，它们早已养成了勤奋学习、刻苦训练的习惯，同时也承接了乌鸦特有的值班放哨的风俗。当然，万事亨通的老银点儿不会忘记教给它们分辨手枪和手杖的能力，不会忘记教给它们关于罗网的危害，不会忘记讲授线虫和嫩玉米的专门课程。因而这些小家伙懂得见到那些又老又胖的大个儿农妇时用不着惊慌，而要是遇上她们的儿子，虽然个头小得多，但必须得躲开。它们还能够把男孩子和女孩子准确地区分开来。它们知道雨伞不是枪，而且还能够从零数到六。这对于它们来说是很了不起的，不过老银点儿可以数到三十那么多哦！小家伙们在老银点儿的教导下，知道火药味是什么样的，指得出老铁杉的南面是哪个方位。不知道它们毕业的时候有没有举行毕业典礼、有没有学位颁授，但我知道它们一定为能成为老银点儿乌鸦队伍中的一员而骄傲。看得出来，它们严格遵照了老银点儿定下的规矩，在飞行中总会连收三下翅膀，让动作更干净利落。它们还学会了在狐狸的进餐时间怎样去搅扰一番后，又迅速逃离现场。它们学会了躲开必胜鸟或紫燕袭击的各种方法，这是乌鸦课堂上必不可少的，因为老乌鸦会告诉所有的小乌鸦，千万别和那些小无赖争斗，就像卖苹果的老太太无法去抓掀翻她苹果筐的顽皮蛋一个道理。当情况发生时，最好的方法就是飞进灌木林！

在九月以前，小乌鸦们就习得了上面的全部课程，但因为季节没有到，它们还没有上过捕食鸟蛋的课程。还有，它们不知道蛤蜊是什么，没看过新发芽的玉米，以及对那特别的长途旅行一无所知，而这又恰恰是乌鸦课程中最重要的一门功课。在它们相互间认识的时候，它们并不知道有这么一门课，但从老银点儿开始授课的第一天起，它们就知道有这么一门课，可那个时候它们都没有机会和能力进修这门功课。只有等待，直到羽翼丰满，直到季节来到，直到长辈们告诉它们要出发的时候。

九月初，老乌鸦们的换羽期也结束了，它们变得面目一新，朝气蓬勃。每只乌鸦都为自己得到一身崭新的衣服而高兴。它们的身体强壮起来，脾气也好起来了，就是那严肃的老银点儿，也变得活力四射、精力充沛。那些尊敬它的可爱小乌鸦越发多起来，它们都在用最真诚的心去爱戴和拥护它。

出发的时间迫在眉睫，银点儿也加大了训练的强度，它要让小乌鸦们牢记各种常用的暗号和口令。现在天还没大亮，就能看到它们的列队训练，对我来说真是个不可多得的观察时刻。

"一中队，准备！"老银点儿"呱呱呱"地发出命令，一中队的小乌鸦便齐声响应。

"起！"老银点儿领头，鸦群便紧跟着飞了起来。

"高！"一眨眼的工夫，大伙像直升机一般向上飞去。

"挤！"小家伙们便聚拢起来，顿时聚集成黑压压、密麻麻的一片。

"散！"一阵风过后，小鸦们散到四面八方去了。

"列队！"一长排队伍便又重新整齐地组合出来了。

"降！"小鸦儿齐刷刷地坠落到了地上。

"粮食!"它们便四散去觅食了。而与此同时,会有两位小哨兵站出来承担起放哨的任务——左边的小山上站一只,右边的树枝上憩一只。

　　"有带枪的人!"老银点儿突然高喊道,这时的鸦儿们便立即躲进了各自认为最安全的地方——树林。一旦训练结束,它们又在老银点儿的带领下飞回老松林。

　　要说明的是,并不是所有的乌鸦都能担任放哨的工作。那得经老银点儿精心观察,从队伍中挑选出警惕性最高、最敏锐的少数几个来特别训练,才可以站在哨所上站岗放哨。可见,能被选上是多么的光荣和骄傲。但是,不久我就发现,这些哨兵和别的乌鸦一样,在站岗的同时还是得采集粮食。这对于它们来说未免显得过分了,但这种传统沿用到现在,一定有它的道理。因此,我们不得不承认,乌鸦团队的组织是相当严密和强大的。

　　每到十一月,训练有素的乌鸦队伍就会由英明强干的老银点儿领导着,开始南下学习新的生活,认识新的路标和路线,寻找新的粮食和草料。

黑夜魔王和黑鸟之王

夜间，对于包括银点儿在内的乌鸦来说是最危险的，因为在这个时候会有让它们感到恐慌的攻击者——猫头鹰。当这两样东西一齐光临它们的住所时，无疑是鸦群的不幸。一入夜，只要听到周围有猫头鹰"唬唬——唬"的怪叫声，这些黑色的鸟儿就不敢再把头埋进暖和的翅膀下安睡，只得哆嗦着挨到天明。到冬天，寒气让谁都受不了的时候，要是还这样把头露在外面，那么它们的眼睛就极有可能被冻坏。冻坏或者冻瞎的乌鸦是特别可怜的，因为看不见，就失去了生存的能力，若没地方、合适的草药医治，如此这般折腾不到一天，就会死去。

不过，只要挨到了天亮，鸦群就能很快地调整过来，恢复勇气。它们会打起精神，齐心合力去昨夜有猫头鹰叫唤的地方搜寻，直到发现那个黑夜魔王。就算它们的围攻不能置魔王于死地，也能把它折磨得直叫爹娘，带着满身的伤痛逃得远远的。

一八九三年，弗兰克堡又翻开了新的一页。鸦队们照常回到这片松林过冬。那时候真是寒冬腊月，白雪皑皑。我在林中散步时，突然发现雪地上有一串兔子全速逃窜时留下的足迹，好像是有谁在追捕它。但是，我到四周查看了很久，都没有瞧见追赶者的足迹。于是我好奇地沿着这串东躲西藏、杂乱不清的足迹一点点儿移走，不一会儿就看到雪地上有血迹。当我继续向前时，竟发现一只兔子的残骸。是谁能有这本事？一个不露痕迹便可以使生命终结的怪物？再后来，经过我不懈的搜寻，终于在地上发现了一块很大的爪印和一根有彩色细纹的棕色羽毛。答案一下出来了，是小型猛禽角鸮。

半小时以后，我回到这里，发现了那个凶手，这说明它还留恋这里，所以才会回到现场。这是离那只兔子的残骸不到三米的一棵树上。那只角鸮目光凶狠，还"咕咕咕"地叫个不停，似乎不怕我。但当我快要接近它时，它则懒洋洋地低飞了去，可能飞到树林深处去了。

两天过后，我在天亮时分听到鸦群异常的闹腾。在雪地上，我发现了一些黑色的羽毛还在雪地上翩翩起舞，于是我迎着风吹起羽毛的方向走去，不到一会儿就瞧见一只乌鸦的尸体。雪地上滴有很多血，还有一溜极大的爪印。很明显，这又是那只凶狠的角鸮的杰作。从周围树枝的断裂情况和雪地上的痕迹中，可以分析出它们在这里进行过一番搏斗，但力量强于乌鸦好几倍的角鸮最终还是胜了；这只可怜的乌鸦是在夜间被拖下树来的。

当我翻动这具乌鸦残骸，掀开它的头后，不禁吃了一惊。我的天！这不是乌鸦之王老银点儿吗？它这一生对它的乌鸦群落做了不知多大的贡献，现在却这样结束了生命。讽刺的是，它曾多少次教导它的部下要小心猫头鹰，注意安全，没料自己却死于这类猛禽之手。

老银点儿去世没多久，唐达山上的松树上那个老鹰巢真正地被废弃了。到了春天，乌鸦们照样依着传统来到弗兰克堡。可是自从它们的领袖丧命以后，乌鸦的数目便逐年递减了下去。几年后，那片老松林已看不到乌鸦群落了。可惜呀，这里可是乌鸦祖辈们生活和学习过很久的地方！